一品仵作 肆

MY FIRST CLASS CORONER

鳳今

目錄

第一章

以心相許

暮青作了個很長的夢。

她夢見了江南，煙雨洗了青瓦，她在榻上臥著，望著窗外細雨，藥香嫋嫋隨風吹打進窗臺，爹端著藥碗進了屋。

藥燙著，爹放去桌上，來榻旁為她把脈，許久，嘆了口氣。

那口氣嘆得悠長，比江南的雨還綿長，似有許多話說。

她身子無力，一時想不起是何時生的病，竟如此來勢洶洶，但見爹為她操勞，總要安慰。她道：「爹，莫嘆氣，易老。」

爹探著她腕脈的手微頓，隨即笑了聲。那笑聲不似喜，倒似被她氣著。

她想，可是方才說錯話了？她不想爹為她操勞，春不易老人易老，這江南春色，她想年年陪著爹看。只是她不善言辭，許是說得不中聽，叫爹誤會了。

爹很少生她的氣，記得有一年，城外村中發了人命案，她驗屍後在屋後發現了賊人的腳印，斷定人逃進了山裡，便與捕快一同進山。搜尋時，那賊人忽從她身後偷襲，手中的刀險些傷了她。

爹知曉後，頭一回生了她的氣，對她道：「仵作便是驗屍的，緝拿凶犯是捕快之事，女兒家不可再行如此險事！」

她知道爹擔憂，卻難應下。她多出些力多破些案子，知縣才會對爹和善些，爹在縣衙裡的日子才好過些。

「日後只驗屍，不查案了。」她不知如何哄爹消氣，只記得他不想讓她查案，如此說許會叫他寬慰些。

「哦？」爹似不信，聲裡含笑，有些懶，問：「做得到？」

做不到。

那是她一生所願，如何做得到？可不如此，如何寬慰爹？

她思來想去，終又想起爹還有一願來，道：「那……王帳房家的孫子和吳鐵匠家的兒子是何性情為人，爹說來聽聽吧。」

她及笄了，爹最掛心的便是她的婚事了。這兩人爹常在她面前叨念，她從未應過，今日既惹了爹生氣，不妨便問問。

爹卻許久未言，久得讓她心中疑惑。

今日爹有些古怪，她頭痛乏力得要命，眼皮沉得睜不開，一時想不起哪裡古怪，只等了許久，聽爹問：「帳房孫子，鐵匠兒子，妳會瞧得上？」

瞧不瞧得上，不是爹瞧好的？此話問得真古怪。

爹又問：「妳喜愛怎樣相貌性情的男子？」

她？

「不知。」她坦誠地答：「相貌只見過男屍，性情只研究過男犯。」

男子？這個領域，她沒研究過。

「五尺六寸到五尺八寸身，肌骨勻稱，毛髮均勻是……漂亮的男屍。性情……與變態犯罪者相比，普通就好。」以她熟知的領域，她只能給出這種相貌和性情的答案。

爹卻許久未言。

屋裡靜著，她等著，爹卻再沒接話。

她頭痛欲裂，眼皮沉得難以睜開，漸漸便睡了去。

不知多久，她聞見藥香，聽見玉脆輕音，有人將她扶起，她靠著那人，如靠在一團雲裡，夢入瑤臺不見人，只聞藥花香。

爹？

不是！

誰？

她想看一眼那人，眼卻睜不開，喝了藥便又睡了去。

夢裡又是那雲，她一直融在那團雲裡，她熱時那團雲是寒的，寒若天上瑤池；她寒時那團雲是暖的，暖如地上山泉。她便在那瑤池山泉裡輪番待著，直到不覺熱也不覺寒。

再聞見那藥香時，她頭已不痛，意識清明了些。感覺有人將她扶起，尚未落入那雲裡，暮青便睜開了眼。

她看見一只盛著湯藥的玉碗，端著玉碗的手比玉色潤，一袖如夜裡梨花生著暖白，浸著春水般瀲灩。暮青微愣，順著那袖望那人，見人如在燈影裡，眉目如月滿西樓映入一江煙水裡的春景，如畫似幻。那人望她，輕挑眉，懶含笑，風華雍容矜貴，卻懶散得叫人想起夏時午憩在梨雲榻上的美人，恨不得一睡一春秋。

暮青面無表情，推開那人，倒下，閉眼，繼續睡。

作夢了。

怎麼會夢到步惜歡？

但眼閉上的一瞬，一些畫面如同倒帶般重回腦海。

房間有裡外兩屋，床榻、圓桌、銅盆、衣掛，無屏風，無華帳，無裱畫，無花瓶，擺設簡潔。床榻頂鏤雕大雁、蝙蝠，窗下置著一方刀劍架，這屋裡擺設她有印象——大將軍府客房！

男子的衣衫，青袍梨白袖——軍中親兵服制！

袖口束帶處有些細細的沙粒——從大漠回來，衣衫還沒換。靴外側有暗紅擦拭狀血跡——走路時蹭到的。身上有股溼潮氣和腥氣，這腥氣聞著很熟悉——蛇身上的！此人去過暹蘭大帝的地宮，到過蛇窟！

步惜歡喜好松香，衣衫常薰有此香，這人的衣衫上卻沒有——沒有才對！

他若喬裝成軍中親兵，定不會薰那松香。

此人的手比玉還潤，養尊處優保養得頗好，一定不是軍中親兵。他那笑帶著懶散矜貴，脣角噙起笑時左邊總是深些。一個人的氣度可以模仿，獨有的神態卻很難模仿。

暮青倏地睜開眼，將屋中和床榻邊坐著的人重新掃視一遍，眉頭皺起。

「步惜歡？」她難以置信，「你不在行宮，跑來西北，去了大漠，進了地宮，還下過蛇窟？」

步惜歡瞧著暮青，她大病初癒，臉兒有些蒼白，燈燭照著，清瘦無肉，榻旁燈燭暖照，肩頭單薄如紙。窗外西風冷，更為那清瘦添了冷清。

只三月未見，她便把自己折騰成這副模樣，還跟他說好。

步惜歡調了調碗裡的湯藥，淡淡嗯了一聲，道：「腦子轉得倒快，剛醒便有氣力起身，想來病是好了。」

他說話懶洋洋的，暮青問：「你心情不佳？」

他不該心情不佳？

步惜歡舀起杓湯藥嘗了口，遞去時漫不經心道：「沒有，好得很。先把藥喝了吧。」

「脣笑眼不笑是好得很？是我的專業能力出了問題，還是你對情緒的理解出了問題？」

步惜歡笑了笑，眸底卻有似水涼意。他把已冷的湯杓收回來，重新在碗裡調了杓湯藥，又淺嘗過才遞了過去。

暮青問：「你喬裝成誰的親兵？這身衣衫最好換身乾淨的，不然被人見著容易——」

她話未說完，忽聞一聲嘆。

步惜歡將湯藥又收了回來，一手端著玉碗，一手伸過來，輕輕戳了下她的額頭，似輕斥，似無奈，嘆道：「歇歇，剛醒！」

額頭觸來的指尖溫溫的，輕輕一叩，微痛。

步惜歡起身道：「藥都冷了。」

他走去窗邊把藥碗遞出去，道：「藥熱一熱，叫廚房送些粥菜來。」

窗外之人接了藥便去了。

步惜歡回來坐在榻旁，將暮青的手一翻，手指便搭在了她的腕脈上。

「你會搭脈？」

「我會的事多著，日後妳都會知道。」步惜歡半低著頭，眉宇間沉靜明潤，似歲月裡凝出的暖玉。

半晌，他搭好了脈，將她的袖子拉下來蓋好，道：「進了十一月，西北便入冬了。冬日最養精氣，這些日子莫吹著寒風，歇過這一冬去妳這身子才能不落病根兒。」

自她爹去了，她便沒好好歇過。在汴河城時便為尋凶之事勞心勞神，後又千里行軍，草原上淋過雨發過熱，上俞村受過刀傷刮過皮肉，到了邊關未曾歇過便敵營苦戰，接著便是地宮遇險。一連數月，馬不停蹄，之前受的傷、染的風寒根本就沒養好，地宮裡被暗河水的寒氣一激，這病才來勢洶洶。她這身子少說要靜養一冬，不然日後會虛寒。

養生之道，步惜歡說得稀鬆平常，彷彿為君多年整日都養尊處優，閒得無事可做，連醫術都學了。古來三教九流，醫術並不入上九流之道，非帝王必學之術。朝中有御醫，民間有郎中，江湖有神醫，何需帝王之尊親學醫術？

步惜歡六歲入宮，他在宮裡過的究竟是怎樣的日子，需他學這些？

暮青有些走神兒，掌心被人捏了兩下才回過神來。低頭一瞧，步惜歡正將她的手放在掌心裡端量著，掌心有些癢。

他的手頗為清俊，明月珠輝暗鍍，輕捏慢撫，隨意舉止便是一道尊貴風姿，而她的手如蔥似玉，是這年紀不需雕琢養護的天然。

她正想把手收回來，窗臺邊有人輕叩了兩聲。

步惜歡將食盒提了進來，食盒裡放著清粥小菜和素包，皆是清淡之食。他端著清粥回來，坐在榻前輕輕調著，窗外月影朦朧，屋內燭影粥香，靜好似夢。

「我自己來。」奈何有人不解風情，一出聲，夢便碎了。

步惜歡氣得一笑，見暮青伸手過來拿，端著碗避開，意懶聲沉道：「碗燙。」

暮青手頓住，步惜歡低頭繼續調著那碗粥，不理她了。

暮青少見地有些尷尬，這人本該在江南，卻來了西北，照顧著她，卻生著氣，生著氣，卻不曾下重語，反倒顯出幾分無奈。

如此矛盾複雜是為何？

等了半晌，步惜歡手中粥調好了，竟真的遞給了她。暮青接過來，步惜歡到桌邊取了只碗碟，夾了幾樣小菜拿過來，坐回榻旁，那碗碟就這麼托在手上，手明珠般潤，襯得碟中小菜愈發翠綠誘人。

暮青不喜人服侍，但同樣不喜矯情。自她醒來，步惜歡諸般照顧，這心意她得領。因此，她不再說什麼，夾了筷小菜到碗裡便低頭喝粥了。

數日未曾進食，此時便是清粥也覺得分外香甜。

步惜歡眸底漸生笑意，暮青問：「你來西北是因為元修失蹤？」

她只能想到這個緣由。

「哦？」步惜歡懶洋洋地挑了挑眉，托著碗碟喜怒不辨地應了聲，剛因她肯領情而生出的好心情，頓時被這話打散。

暮青一愣，「不對？」

「妳來軍中數月，瞧著元修如何？」步惜歡不答反問。

「不錯。此人為人坦蕩，英雄兒郎當如是。」

暮青知道步惜歡對元家忌憚頗多，但身為帝王，看待江山人才本就應屏除私人恩怨。元修與元家人未必一樣，此人一心為國，他若不守西北邊關，大興很難再求一戰神震懾五胡，西北百姓也很難再安寧，步惜歡身為帝王，理應顧及西北百姓。

「元修為人如何，我心中有數。我問的是，妳瞧著他如何？」步惜歡支著下頷望著暮青，眸光深得讓她有些不懂。

暮青細想了遍這問題，問：「這跟剛才的問題有區別嗎？」

步惜歡望了她一會兒，低下頭去，笑聲低沉，帶著些愉悅。

暮青不知他高興什麼，但想起剛醒時未說完的話，道：「你這身衣衫最好換身乾淨的，不然被人見著容易起疑。」

步惜歡應是喬裝成元修的親兵，元修失蹤後，他的親兵到地宮尋他，他一身風塵僕僕地出現在府中倒沒什麼，只是出現在她屋裡會讓人起疑。她在屋裡靜養，元修不會派一個剛從地宮回來的親兵，他待將士如兄弟，剛從地宮回來的兵，他會讓他們去歇著，不會讓他們連衣衫都來不及換便去幹別的差事。

「嗯。」步惜歡見暮青吃完便把碗碟收走放回了桌上，回身時笑若春芳懶，道：「是該換，妳也該換了，一起？」

他待她之心，他以為她已知曉，但她竟還是不懂他為何來西北。她以為他為軍國政事而來，她看著他，以看待一國之君的目光，而非看待一個男子的目光。

燈影綽綽，男子眸下剪影如畫，低嘆。

她太遲鈍懵懂，慢慢來吧！

整整十八載，看盡人間詭詐無情，靜待磨平了心。這一生，他不缺耐性，歲月長久，他總能教會她。

步惜歡半倚桌旁，抬眸笑望暮青，有些期待。

他期待她的反應。

她定會回絕，他只想知道她如何回絕。她許會一口回絕，許會尋些藉口。但無關藉口，他只想見她因他牽動情緒。

暮青沒情緒，她點頭，「好。」

「……」

步惜歡愣住，暮青下了榻來走到他身邊，踮腳伸手，幫他拆了簪冠。

男子烏髮如墨披落，青影映西窗，容顏如明月。銀冠如雪，捧在她手裡，照亮了他眸底湧起的異色。

她總叫他意外！

她將銀冠捧去桌上，解了他兩袖的束腕袖甲，兩袖一鬆，伸手便抽了他的腰帶！

暮青將腰帶往凳上啪地一搭，步惜歡笑意微裂，她便轉去了他身後幫他寬了外袍。她的指尖微涼，輕觸到他脖頸，如蜻蜓點水，一觸便離開，卻令他背脊倏繃，氣息微屏。

男子眸若沉淵，烏髮披著，穿著中衣靜立屋中，聽身後少女將袍子搭去凳上，轉來身側解他中衣的衣帶。她手指靈巧，輕觸衣衫，衣衫觸了腰身，忽似有貓兒撓了爪，癢痛。

一會兒，他的中衣也被她寬了下來。

衣衫落，暖玉珠輝奪目，暮青目光轉開，將衣衫搭去了凳上，轉來前頭去鬆步惜歡的褲帶。

男子霍然驚醒，一把按住了她的手，眸底沉淵乍起波瀾，似要將她淹沒。

暮青面無表情又抽了抽那褲帶，步惜歡忽然躍起，退去了窗邊。

「妳……」他指著她，似嗔似笑，燭火照著指尖，那指尖兒微粉。

「不是陛下說要更衣？」他說要一起，不就是要她服侍更衣？

她並不提倡有手有腳還讓人服侍，但今夜他端粥餵藥的，她受了他的照顧，想著他乃帝王之尊，被人服侍慣了，這才幫他更衣的。他既能照顧她，她自然也可以，只是他好像改主意了。

「那陛下自己來。」暮青將早就擺放好的乾淨衣衫端了過來，衣衫有兩套，一套是親兵衣袍，一套是中郎將服，她將那套親兵衣袍放去桌上，轉身便要去外屋。

步惜歡笑裡帶起薄怒，指一彈，桌上衣衫無風自拂，暮青正經那衣衫旁，身子忽然定住！

她目光頓寒，冷問：「何意？」

何意？

他本意只是想戲逗她，看她驚愣，看她羞憤，看她回絕，看她尋盡藉口，哪怕一星半點的女兒家的小心緒，他想看她為他而起。哪知她全然會錯了意，她那般聰慧，在兒女情長之事上竟遲鈍至此。

也好，他總算知道該從何處教起了。

「青青。」他喚她的名，朝她緩步而來。

暮青微愣，自爹過世，再無人喚過她的名字……

她目望西窗，見男子慢行而來。秋夜冷，肌如暖玉，風華若蓬萊上仙，舉止間便覆一場風月，自窗前到桌邊，幾步間醉了人。

他道：「妳怎知我說一起是要妳服侍更衣？我只是想看妳更衣。」

暮青愣色更深，燈燭照進她的眸，清冷裡起了詫色。

那詫色落在步惜歡眸底，低聲一笑。他就知，與她說話不可曖昧，最好清楚明白。她是女兒身，心卻比兒郎驕，念著人間公理天下無冤，一日到晚驗屍查案都覺時日少，哪有心思想兒女情長？

要她自己去想，大抵她轉眼便想案子去了，兒女情長事，一世都將空待。

那便說與她聽吧，直言相告，莫待她想。

「妳既幫我寬了衣，我該如何謝妳？」步惜歡低頭笑望暮青，那笑如一場繁華夢，闖入她清冷的世界，如此直接，措手不及。

她望見他眸裡的笑，聽見他聲裡的懶，他道：「我也幫妳一回，如何？」

如何？

她耳畔被那懶洋洋的笑音繞著，如生一場南柯夢，繞去心裡，難解。

步惜歡低頭，簪入手，青絲落如烏瀑，她愣時，他已將簪放去桌上。桌上有他的冠簪，他將她的簪子擺去他的簪旁，一般長短，燈燭裡連影子都是一對。

他解她的袖甲，也搭去凳上，在他的衣衫袖甲旁。

他解她的衣帶，慢慢輕柔，不似她的英武俐落風姿。

他寬她的外袍，指尖輕觸她的脖頸，蜻蜓點水般，不經意，卻激得她一醒！

「步惜歡！」暮青啞穴未點，聲音薄涼驚怒，卻有不易察覺的輕顫。

步惜歡低低一笑，不理暮青，誓要讓她體會一遍他方才的感覺。他將外袍放去凳上，解她中衣的衣帶，手指堅決只勾著她的衣帶，也堅決讓那衣衫不經意間蹭蹭她的腰身。

「步惜歡！」暮青怒意更盛，眸底寒霜似刀，像要把眼前男子戳個千八百遍！

他卻在她的寒刀裡笑，問：「感覺如何？」

她不答，只瞪著他，刀刃結了冰。

他笑著，衣衫一解，中衣便落了。

少女肩如雪，束著胸帶，胸帶下起伏如遠山，皚皚白雪覆著，淺影入目，惹人遐思，恍惚間如赴一場雲雨巫山小樓春夢，卻生生被那肩頭和腰間的猙獰刀傷劃破，在那人間至清至美的景致裡落一場風霜，摧心刺目。

步惜歡將目光轉開，似沒看見那刀傷，接著問：「感覺如何？」

未聽見她答，他的手便來到她的褲帶上。剛觸到，她便氣息一窒，驚怒道：「步惜歡！」

步惜歡笑了聲，笑意並無歡愉，有些淡，有些冷，有些壓抑著的怒。他無視她的怒意，手一帶，將她的外褲往下一扯！頭頂傳來她嘶嘶的吸氣聲，他的氣息卻一屏。

軍中衣褲不同常服，褻褲長至膝間，她的小腿光滑如玉，腳踝精緻可愛，他輕輕握上，掌心裡柔滑如暖玉。他蹲在地上將她的腿抬起，幫她脫腳上鞋襪，順勢將那外褲墊在她腳下，免得涼了她的腳心。

暮青身難動，目光落下，見男子帝王之尊行此事，舉手投足皆優雅，只聲音沉著。

「聽聞，英睿將軍智勇無雙，行軍途中還驗屍查案，逼敵現形，呼查草原孤坐五日，淋一夜雨，染一夜風寒，一路勇救新軍？」他頭未抬，問得漫不經心，窗外西風起，屋裡忽生寒意。

暮青抿唇不言，她染風寒之事不是囑咐過月殺不要告訴他？

「聽聞，將軍上俞村中勇戰馬匪，身中兩刀，割肉療傷，勇守村莊？」

「聽聞，將軍吃個午宴還能查出件人肉案來，智揭敵國王子行蹤？」

「聽聞，將軍能出流沙坑，能破機關題，能闖蛇窟，能尋祕寶？」

步惜歡一連四問，暮青一言不發，見他抬頭對她一笑，懶，卻灼人，「將軍這一路真乃智勇無雙，只聽人說便已覺精采絕倫，不如將軍親口再說說，有些事我尚不明。比如——那將軍亭中大腿一事？」
暮青望了眼西窗，眸光清冷如霜。
世間有兩事，史官的筆，暗衛的嘴——都該誅！
「妳可還記得從軍西北前，我曾說的話？」
步惜歡撫上她肩頭腰身的刀傷，她的刀傷本已好了，被他一觸，整個肩頭腰身都莫名痛癢。
三花止血膏裡一味藥有消疤奇效，顯然她為了省那救命的藥，沒用多少的藥量，才致身上落了淺疤。那疤色淺粉，雖不深，卻刺眼。
他撫著，道：「我曾說過，西北之地，大漠荒原，杳無人煙，五胡滋擾，狼群相伴，風暴流沙。妳若執意來此，許就餵了狼腹，祭了胡刀，葬了流沙，一去不回。看來，妳是真不懼。」
「我也曾說過，妳若埋骨西北，這天下便伏屍百萬。看來，妳是真沒放在心上。」他又道。
暮青見步惜歡似動真怒，一時難言，她不是不記得，只是覺得……
還沒想出個所以然來，步惜歡忽然將她抱起，往榻上送去。
暮青心中念頭忽散，只餘驚怒，正要開口，見步惜歡將被子幫她蓋上，放了帳子便出去了。

「打水來！」

暮青聽著屋裡一會兒一趟的倒水聲，只覺聲音分外響亮。她腦中一團亂，這般頭腦不清明的時候，記憶中從未有過。

水聲響了五次，門關了後便再沒了聲音。

帳子掀開，步惜歡將她抱起下了榻來。

「我能沐浴，不勞服侍。」暮青冷面對帝顏，他與她皆寬了衣袍，此時貼著，她頭一回真切地體會到活體溫度與屍溫的差別，兩個活體貼在一起，竟可以這麼燙！

「世間事，除了能，還有想。」外間的風挪了進來，步惜歡抱著暮青轉進了屏風內，「妳能是妳的事，我想是我的事。」

「世間還有這等歪理？」暮青冷笑道：「你想的是我，難道不該問我的意見？」

步惜歡把暮青抱入水裡，待她坐穩，解了她的穴，道：「不需。」

謀她，要懂得收放。大事上他可放她，小事上要收，若他大小事都放開了她，她就跑了。

燈燭似霓，香湯氤氳，步惜歡的笑容在那綽綽燈影裡躍著，暮青瞪著，面色微黑，不放棄爭辯：「為君之道有帝道、王道、霸道之分，陛下是想行霸道？」

「妳說的是為君之道。妳我之間，我非君，妳非臣，我只想行為夫之道。」步惜歡拿了手巾幫她擦身。

暮青險些以為她聽錯了。

「為夫之道？我和陛下何時談婚論嫁了？」她的記憶出問題了嗎？

步惜歡執著她的手臂輕輕擦著，笑道：「妳在行宮領了御封美人的聖旨，忘了？」

沒忘。

但……

「你的美人是周二蛋。」暮青道，向來平靜如湖的心難得起了些惡意。

男妃的聖旨她從未當回事，他本就不好男風，行宮中那些男妃應是他布局中的棋子。她離開行宮前，曾在冷宮的枯井裡發現了一具男屍，那具男屍的面部分解情況不一，她當時斷定那具男屍被毀了臉，當時並不知是如何毀了臉，直到前些日子魏卓之曾言將人皮剝下來製作面具，她才受了啟發，想起冷宮井裡的那具男屍。

那具男屍整張臉都存在差別分解的情況，應是死前或死後被人剝了臉皮！她那時推斷那具男屍是她入宮那夜打入冷宮的齊美人，人剛入冷宮便死了，還被剝了臉皮，實在是惹人深思之事。

魏卓之擅易容，齊美人的臉皮被剝，會不會是他拿去做了面具？若做了，冷宮之中必有一個假的齊美人。那個假的齊美人，步惜歡打算用來做何事？

當時，她在行宮裡曾聽聞一事——帝王喜怒無常，喜新厭舊，三天兩日有美人被打入冷宮。

那日，她在井裡也發現了一事——那井深不對，除了齊美人，還應該埋了不少屍體。

那麼是不是說明那井裡埋的人都是打入冷宮的男妃？也是不是可以推測，步惜歡打入冷宮的男妃都被剝了臉皮，那些臉皮被做成了人皮面具，如今冷宮裡住著的那些失寵男妃都是假的？

行宮裡的男妃有些是美人司從民間搶來的，有些是朝官或商賈府上送來的公子。那些公子被送入行宮以色侍君定有所圖，那麼步惜歡將人打入冷宮又換上假的，其用意就值得深思了。

左不過是那些皇權之爭的事。

「哦？妳不是？」步惜歡一看暮青的神色便知她想別的事去了，幫她擦好了一臂才開口。

暮青伸手摸了摸自己的臉，問：「我的面具呢？」

「枕下。」

「我瞧瞧。」她撞到了青銅箱，面具應該劃破了，醒來至今她還沒看過。

步惜歡不覺一嘆，她到底與尋常女子不同，許也就她在男子面前沐浴毫無羞色了。不僅如此，還總是走神兒，他在她面前，她就這般毫無興致？

步惜歡氣得笑了聲，但還是去將那面具拿給了她。

暮青見那面具額角處有兩寸多長的劃口，不覺蹙眉。

「給魏卓之便可，無需為此物勞神。元修若問妳面具何處來的，妳可與他說是刺月門之物。」

「刺月門？」

「刺月部的江湖身分。江湖人只知刺月門，不知刺月部。」

如此機密之事，他竟告知她？

正愣著，忽見步惜歡伸手過來，欲將她手中面具拿開。

暮青抬手避開，把面具戴回了臉上，然後將一張少年粗眉細眼的黃臉對著步惜歡揚了揚。

燈影昏黃，少年的面容模糊不清，隔著淡淡氤氳，步惜歡神奇地讀懂了——她是在告訴他，她這張臉不是當初進宮時的臉，所以她不是他的美人。

步惜歡低頭沉沉笑了起來，她竟有這般孩子氣的一面。

「容顏可改，心難改，妳終究是妳。」笑罷，他將她的面具摘了放去一旁。

再無事可說，兩人間便只剩水聲。

有話說還好，無話可說便只覺燈影也柔，水也旖旎。他披著件外袍，衣袖挽著，伸來水裡的手臂秀色清俊。他為她掬水洗青絲，為她執巾擦玉背，她的穴道入水時便被他解了，她在水裡卻如被點住穴道般難動，直到他的手伸來水裡，撈住了她的腳踝。

暮青將腳一收，水花忽濺而出。步惜歡未避，任水溼了他的衣襟，握住她的腳踝將她的腿抬出了水。腿一抬起，她身子後仰，水沒過脖頸，只露著張清冷面容在水外，那面容不知是被熱氣蒸的還是因這曖昧的姿勢而有些微粉，連她瞪著他的眸都被這氤氳染得有些水霧濛濛。

他深深地望著她，這嬌態今夜不好好瞧瞧，許有段日子瞧不到。

少女的腳踝玲瓏精緻，水珠如露，襯得那腿玉雪可愛。他順著擦去，手中巾帕自膝間探入那素白的褻褲下，剛探入，尚未摸到那柔滑，她便身子一顫，猛地將腿收了回去！

「我自己能洗！」她盯著他，戒備，複雜。

步惜歡的心意她早在汴河城外新軍營那密林裡便知曉了，那時她只是驚詫，後來便看淡了。他是帝王，與她的天地差別太大，那心動許是一時興起，而她有父仇要報，西北之行有太多要做的事，哪有時間精力去想感情？

可這三個月，他在江南，她在西北，千里之隔，他卻似乎總在她身邊。暗衛相護、千里傳書、為救她上俞村之險動用的西北暗衛、為她這一路能預見的險事早早便寫下的「若她有險，以她為先」的密令，就連她用那三花止血膏時都能想起他。

月殺每日在她面前晃，每日她面前都似有道紅衣如雲的影子。那紅影如霜雪天裡的梅，悄然地在她清冷的世界裡盛開，慢慢恣意，扎著她的眼，刺著她的心，她想不明白，又有太多的事要做，每當想起，未理清便有事分了心神。

直到今夜，本該在江南的他出現在她榻前，他的照顧，他的戲弄，他的怒意，他突然的告白與緊逼……她措手不及，不知如何反應，便由著他一步步逼到了此刻。

此刻，她心亂如麻，只想一個人靜一靜。

「天涼了，水冷得快，別洗太久。」步惜歡將手巾搭在浴桶邊上便走了出去。

過猶不及，今夜事到此便可了，再逼她便緊了。

步惜歡打開了窗子，衣襟溼著，西風吹來，冷了胸前燙熱。

月殺見步惜歡開了窗，便跪道：「主子。」

「嗯。」步惜歡淡淡應了聲，目光放遠，望向西北的夜空，問：「如何了？」

「如主子所料，後殿石門下有蟲巢。」月殺的聲音隱在風裡，低細。

呼延昊將神甲的消息散布了出去，五胡部族有人來探，五日光景，已發大大小小數十戰！三日前夜裡，呼延昊趁亂從孜牧河上游潛游至地宮後殿，想要自後殿地底挖一條密道入圓殿，卻在殿門的河床下挖開了蟲巢。呼延昊帶著驅蟲藥，那毒蟲卻不忌，百人進去，出來時只有不足十人。

「嗯。」步惜歡眸底波瀾不興，手指輕輕叩著窗臺，淡問：「可得手了？」

「已得手，今夜便急送盛京。」

主子進過地宮，前殿石門內有毒蟲，主子推測後殿許也有，命他們靜待，待呼延昊的人先進地宮一探，結果一切如主子所料。三日前夜裡，呼延昊自地宮出來，西北軍一路追馳，他們的人便趁機入了水，過暗窟走河床，將一罐兒毒蟲帶出了地宮送往盛京，請瑾王爺研配解藥和驅蟲藥，以便再入地宮。

這段時日裡，圓殿裡的水滿了也無妨，只需自殿門下挖暗道入內，將神甲一件件泅渡著帶出來便可；只要避開那些棘手的毒蟲，此事對他們來說不難。

「不必急，只需瞧著那些毒蟲，莫死在途中。」

「是。」

「傳信給巫瑾，年前備好解藥和驅蟲藥，你們年時再進地宮。」

月殺微愣，年時？

「嗯？」只微愣的工夫，窗裡人目光落來，睥睨涼薄，漫不經心一望，月殺後背忽起涼意。

「年時怕是來不及。」月殺俯身，不敢藏話，實言道：「元修有意封地宮，魯大在調火硝，西北軍撤出前應會炸毀地宮前殿。後殿入口在孜牧河處，火硝難以入水，但西北新軍大多來自江南，水性頗佳，元修若選些水性好的下水將暗窟鑿堵上，地宮便進不去了。」

通往後殿的暗窟有一段拐口頗窄，下水鑿堵不算難辦。

邊關尚有戰事，西北軍不會在地宮守太久，元修很快會著手此事，若後殿暗窟處也被封堵了，他們即便有解藥和驅蟲藥也進不得地宮了，年時哪還進得去地宮？

「哦？」步惜歡漫不經心地叩著窗臺，淡淡一笑，道：「你跟了她這段時日，怎沒跟著學聰明些？」

月殺道：「屬下不明。」

步惜歡問：「如今，西北幾月了？」

「十月十九。」

「嗯？」步惜歡未再多言了，只挑眉看著他的刺部首領，讓他自己想了。

月殺低頭深思，十月十九、十月十九、十月十九……

西北十月！

月殺忽明，抬頭，步惜歡淡看他一眼，把窗關了。

風呼呼吹，枯葉落了滿身，月殺低頭，主子嫌他想得慢了……

西北十月已快入冬了，入了十一月就該下雪了。雪一下，孜牧河就該封了！即便不下雪，這日子河水也寒了，新軍水性是好，可來自江南，受不得孜牧河水的冷！若如今是夏時，元修定會在新軍裡挑人去封後殿，可如今時節不對，行不得此事！

地宮後殿不會封！
他想得太多了，不及主子通徹。
可他還是有一事不明。
月殺望著窗，直接盤膝坐在地上，思考去了。
屋裡，步惜歡披著青衫閒倚窗臺，瞧著屏風裡。
那扇座屏上搭著衣衫，只見裡頭熱氣氤氳，卻不見出浴的景致。男子的目光一轉，含笑瞧著那牆，燭臺照著浴桶，映少女的身影入牆，她坐著不動，垂首輕思，那鵝頸曼妙一弧，別有柔情綽態，靜坐如畫。
她在屏風裡坐著，他在窗臺旁立著，她望那水，他望那牆，西風吹不進窗臺，卻不知吹亂了誰的心湖。
不知多久，水聲忽起。
她起身，牆上暗影忽長，映那楚腰纖柔，腰身下一弧若瑤池春桃。那腰身忽一轉，回風舞雪般，牆上忽現峰巒，驚心的圓潤，那般一現便不見，只見屏風上伸來一手。那手纖弱無骨，燭影暗，照半截手臂流精光潤，臂上玉珠兒顫，那手輕輕一拈，胸帶便自屏風滑落。
男子深深凝望著那牆上景，窗外樹影搖曳，那眸底深若沉淵。

暮青從屏風後轉出來時便見步惜歡倚著窗，披著青衫，衣帶鬆繫，烏髮如墨，笑望她，西北深秋的夜也讓他笑出了春色。

這人，真一副好皮囊。

暮青的面色已恢復往日的清冷，眸底清明亦如往日，她取了塊乾的巾帕來擦拭頭髮。步惜歡走過來接了，暮青未拒絕，桌上明燭矮了又矮，待她頭髮乾了，他將巾帕搭起，回身時她已入了帳去。

步惜歡喚人進來換了水，沐浴過後便入了帳。

暮青面朝裡躺著，閉著眼，似睡著了。步惜歡輕輕一嘆，無奈出手點了她的穴，將她的身子扳過來，從她手中取走小刀，慢悠悠自枕旁取來一袋，將那刀歸了進去。

「我能吃了妳不成？」他無奈道。

暮青無話，步惜歡卻伸出手來一拈，解了她裡衣的衣帶。

暮青眸光頓寒，連吐字都是冰的：「剛才說的話，轉眼就忘了？」

步惜歡不說話，自枕旁拿了盒藥膏在手，正是三花止血膏。他將她的衣衫揭開，露出玉雪肩頭，將止血膏沾了輕輕塗去她肩上。

「這傷好了。」暮青眸中寒意斂去。

「哦？」步惜歡塗罷輕輕揉著，為她按摩。

暮青看不見肩頭，只感覺那藥膏塗上，沁涼入了肌骨，她道：「這是止血膏。」

「有祛疤功效。」

「這是止血膏。」暮青重複。

止血膏就該用來止血，用來祛疤是浪費功效，戰場上命最重要，止血藥用來祛疤了，待要止血時該用何物？若正缺此藥救命，此前卻浪費了，豈非等於浪費了一條命？

「女子視容顏如命，妳倒看得輕。」

「我視疤痕為一種不具備正常皮膚組織結構及生理功能的不健全組織，我只是傷在肩腰處，疤痕的存在不妨礙器官的生理功能，所以可以看得輕。」

她有些話向來難懂，不似本朝之言，他想起刺史府那夜相見時，問她那察言觀色之能師承何人，她所答的人名與國名皆未曾聽過，像是《祖州十志》中記載的異人國。

步惜歡沒有深究，只道：「我看得重。」

「外貌協會。」世間人皆愛美，她也同樣。若不在邊關，她也不願身上留疤，只是身在邊關，藥材珍貴，止血膏更珍貴。命和疤比起來，後者便不那麼重了。

他的語氣也淡：「我看得重，只因瞧見這疤便想起妳曾孤守村中，一日夜孤待援軍，而我遠在千里之外，力所難及。瞧見這疤我便想起妳曾負傷苦戰，歷生死之險，還沒到邊關便險將命留在上俞村。瞧見這疤我便想起妳曾孤燈下一人治傷，忍那割肉之痛……」

他手勁兒重了些，聲也沉了些，道：「瞧著不是滋味兒，還是祛了的好。」

暮青沉默，沒再接話。氣氛靜了下來，只覺男子指腹溫熱，捏揉的力度恰到好處，藥膏本沁涼入骨，卻被他揉得三分燙人。他揉了有一刻鐘，拉了被子，將她的裡衣解了開，露出腰身上的傷疤。

裡衣內她只束了胸帶，只見少女肌如珠玉，流光隱隱。隨著呼吸，她胸前淺淺起伏，那山巒被束著，他腦海中卻想起那牆上驚鴻一瞥的圓潤。

眸光暗了下來，他沾著藥膏揉著她的腰身，捏揉間不覺輕曼輾轉，似愛撫，似珍視。暮青卻只覺腰間酥癢，微麻，她不覺眉尖兒顫了顫，閉眼。步惜歡瞧著她，見少女閉著眼，容顏清冷，身子卻漸漸泛起櫻粉，她忍著，卻忍不住呼吸微微，眉尖兒顫顫，那模樣別樣惹人愛憐。

他瞧得入神，不覺揉得更輾轉些，她提著氣睜開眼，眸光含怒。

步惜歡笑了聲，手勁兒放輕了些，暮青眸中的怒意隨之緩了些，兩人便這麼眼瞪著眼，直到步惜歡揉好了，慢條斯理地幫她把衣帶繫好，被子蓋上，他才解了她的穴。

「點穴上癮？」一恢復自由，暮青便問。

「嗯，以前未發覺，如今是有些。」步惜歡懶洋洋一笑，竟不辯解，大方承認了。

「再點剁手！」暮青冷道。

步惜歡笑了聲，毫無懼意，只道：「好凶悍。」

「你打算今夜宿在這兒？」藥也擦完了，揉也揉過了，他不走是打算宿在這兒？

「妳肯留宿？」

「你說呢？」

他對她的心意她知道了，她自己的心也清楚明白了，但不代表他們到了同床共枕那一步。他們相識時日不長，相處只是剛剛開始，合不合適有待相處和時間來驗證。

感性和理性組成一個人，她允許生活裡增添一部分感性，但絕不允許理性空間被擠壓。上輩子她所在的時空有句人人都知道的至理名言——戀愛使人智商為負！她不能想像自己智商為負的樣子，也不允許這種慘劇發生在自己身上。

他們相識時日不長，他待她之心她若動容，也可如此待他——以心相許，而不是以身相許。

步惜歡並不意外，他撫了撫她的髮絲，道：「睡吧，我只在此坐會兒，妳睡了我便走。」

暮青點頭，不見懷疑戒備，當真閉上眼，睡覺！

他的神情沒有作假，倘若敢在她睡後改變主意，那驗證的結果也就出來了。

她睡得這般乾脆，倒叫步惜歡有些氣也不是笑也不是，都說生在帝王家是前世修來的，命好。他看他就是前世欠她的，命真不好，為她趕了千里的路，進大漠下地宮，為她運功驅寒，沐浴擦藥，還得守在榻旁等她睡了再去歇息！

他若是有她一半的冷硬心腸，大抵便不是如此操勞的命了。

思緒漸漸飄遠，待回過神來，少女氣息已勻，睡著了。步惜歡坐在榻旁看著，望那櫻粉的唇，想起汴河城外新軍營林中的淺嘗，那清冽的滋味至今猶自回味，而她就在眼前，俯身便可得。

他緩緩俯身，離她僅一寸，聞見她髮絲上的皂角香氣，那清爽的香沁人心脾，他深嗅一口，起身離開。

這般偷香之事她定不喜，不如下回，光明正大。

步惜歡出了門去，門一開，月殺在窗下。

「主子。」他一動，身上枯葉簌簌飄落。

「嗯。還未想明白？」

「屬下有一事不明。」

「說。」

「是。」得了應允，月殺這才開口：「年時，孜牧河水冰封著，屬下等自不懼河水之寒，可主子為何非挑年時？」

主子心思太深，他實在想不通。

步惜歡負手迎著西北夜風，聲涼薄，意輕嘲：「這年時不是朕挑的，是元家挑的。」

元家？

「邊關戰事不久了，朝中有議和之意。」

「議和？」月殺猛地抬頭。

他們五人孤入敵營，為西北軍逐一清剿草原五胡創造了絕妙的戰機。烏那、月氏、戎人三部聯軍已被打散，勒丹二王子突哈、第一勇士蘇丹拉被殺，勒丹王病重，狄人部族王權更替，正亂著。這一回是剿滅五胡的最佳時機了，錯過了就再難有了！如今分明是大興占了上風，為何朝廷反要議和？

步惜歡懶笑一聲：「議和詔書不日廣布天下，百姓的唾沫星子便要淹死朕了。」

月殺臉上頓生寒色，為汙陛下之名，元家竟不顧西北百姓？

議和詔書一下，議和使團進京，元修身為西北軍主帥，必奉詔回朝。元家想讓元修回京，難不成是等不及了？

「朕這一身汙名稱了他們多年心意，不妨再叫他們稱心一回。」步惜歡負手望盛京方向，懶懶含笑，如說一件平常事，談笑間卻似起一場傲殺：「只這回，誰能如意，且待天下之局。」

這一身汙名有何妨？不過是天下笑我，我笑天下。

這天下間的風，該起了。

「房中莫留朕來過的痕跡，明日元修該回了。」步惜歡道一聲，月殺應是，抬頭之時見人已在那西風月中，去得遠了。

清晨醒來後，暮青將衣衫穿好，未戴面具，只等元修來。

元修來時，暮青正用早飯。西窗支著，窗外老樹枯葉，零落窗臺，片片黃金，少女獨對西窗，將袍銀冠，容顏賽清霜。

窗外秋風老樹，窗內玉顏清冷，塞北西風過，卻見青山綠水，一眼江南。

男子一身戰袍，風塵僕僕愣立門口。

「大將軍用過早飯了？」那人忽開口，屋中江南景忽散，現一桌熱氣騰騰的早飯。

「沒。」元修低頭咳了聲。

「一起用吧，廚房做得多，一人用不完。」暮青將一碗豆花放去對面。

元修走來桌旁坐了，男子銀甲在身，背窗而坐，似一尊戰神坐在天光裡，大馬金刀，兒郎豪氣，朗若乾坤。

他執碗仰頭便將豆花喝了，頗似飲酒，喝罷又抓起只包子三兩口塞進嘴裡。軍中吃飯向來快，他習慣了，只是今早有些嘗不出包子滋味。

她吃得慢，他吃飽後便一直等著，她卻先開了口——

「大將軍有話就問。」

「妳是何人？」元修不知從何問起，但話到嘴邊，也就這麼問了出來。

「汴州，古水縣仵作暮懷山之女，暮青。」她神色未動，聲音頗淡。

對面有道目光盯著她，許久未言。

暮青？

不是多詩情畫意的女兒閨名，卻格外適合她。

「為何要女扮男裝入軍營？」依大興律，女子入軍乃穢亂軍營的死罪！身為主帥，他該將人拿下嚴刑審問以正軍威，可如今那人兒在他面前用早飯，而他連問話的語氣都是輕的。

「立軍功，入朝堂，替我爹報仇。」暮青執筷的指尖兒捏得有些發白。

「替妳爹報仇？」元修眉心鎖得更緊，「妳爹他……」

他本該問替她爹報仇與她一介女兒身入朝堂有何關聯，但不知為何一出口便問到了她爹的事上。

「大將軍可知原上陵郡丞之女，柳氏？」暮青忽問。

「原上陵郡丞？」元修搖了搖頭，眉峰卻沉著，目光微轉。

暮青盯著元修，面色忽寒，「大將軍真不知？」

元修微愣，她怎知他心中有事？

上陵在江北，江北之事家中常有書信予他，他本該清楚，但那些書信他已多年沒看，左不過是些朝官更替朝臣黨事。

家書……從來都不是家書。

自建了大將軍府，家中便送了廚子、小廝來，其中有母親身邊的人，母親身體如何，那些人自會告訴他，無需去看家書。

這些年家書他一直扔在那兒，從未啟過。

「只是些家中之事。」元修不想多談，又問回暮青的事：「原上陵郡丞之女柳氏與妳有仇怨？妳爹的死與她有關？」

「有。她是太皇太后賜給陛下的柳妃，死在汴河。」

暮青的身分既已告知元修，爹的事隱瞞也無用了。

柳妃之死、爹之死、刺史府王文起之死、夤夜私審文官，為揪出別駕何承學的同黨，刺史府那麼大的動靜，不可能密不透風。連她入美人司、進宮為妃的事也是瞞不住的，她入宮時日雖短，但那幾日頗得帝寵，宮中男妃和宮人眾多，定有朝中眼線。元修若有心要查，定能查得到。

汴河事，沒什麼可隱瞞了。

暮青便從爹接到刺史府公文去汴河城驗屍時開始說起，事無巨細，連自己女扮男裝入美人司一事都說了，只是未提及刺史府中驗屍一事，也未提刺月部暗衛之事，暗衛乃步惜歡的密部，此事不可說，而驗屍那夜的人都是步惜歡的心腹，此事並非刺史府人人皆知，元修查不到便可不提，魏卓之與步惜歡過從甚密，她不知道元修知曉多少，便也沒提。

元修萬分驚詫！

她爹之死牽出了宮妃、聖上和姑母？

她曾扮作男兒，入美人司進宮侍駕？

「妳與聖上相識？」半晌，元修才找回自己的聲音。

「嗯。」

「聖上可知妳是女子？」

「知道。」

知道？知道他還封她中郎將！

元修想起聖旨下到西北時，顧老將軍還曾在書房裡推敲聖意。今日看來，聖上之意會不會本就是為了封她？

他對聖上不甚了解，只記得來西北前兩年，聖上在宮中正荒唐。

那一年他納宮妃，僅一夏八位宮妃便死了五個，朝堂譁然，五位朝臣稱病罷朝，家中誥命日日到姑母跟前哭冤，聖上被罰罪己，跪在帝廟七日才出，出來時腿險些廢了。父親下朝後帶他進宮見駕，陛下剛滿十三，龍榻上倚著錦靠，華帳瓊鉤，金縷濃香，少年在金翠般的雲氣裡笑眼看人，嫋嫋煙絲蒼白了容顏，眉宇間生著靡靡頹氣。

青殿高闊，那眸含笑，看人卻懶得將人入眼。

那日，他只覺此人要不是真的荒誕不經輕狂自棄，要不便是深沉莫測韜光養晦。

他來了西北後，聽見不少聖上的荒誕事，老師認為聖上乃韜光養晦的隱龍，他與老師有同感，因此那日推測聖意，他覺得一道聖旨數道用意，確是心思深沉之人所為。今日才恍然忽覺，或許那些他們所猜的聖意都是幌子，聖上的本意是想封她。若如此，聖上對她……

「他放妳來軍中，又封妳為將，可有所圖？」元修蹙眉問。

聖上好男風，行宮男妃之事不虛。他對女子毫無憐香惜玉之心，盛京宮裡姑母指給他的宮妃，沒有一個有好下場的，當年他未離京，可是親眼見過的。

明知她是女子還放她來邊關，又封她為將，居心難測。

他要她做什麼？探聽軍中消息？

「並無，軍中之事我從未外傳過。」暮青沒有過多的解釋，信不信任不在於話多話少。元修若信，只這一句便夠了，若不信，說再多也無用。

「為何要與我說這些？」她與聖上相識，說出來徒增他的懷疑，「以妳的聰慧，妳有很多辦法可以應付我。」

「經驗再老道的捕快，犯起案來也是新手，天下沒有完美的犯罪，我也做不到。」

元修微愣，頓時哭笑不得。

「君心難測，聖上放妳來軍中，今日無所圖，明日未必沒有。伴君如伴虎，妳是女子，他日聖上翻臉，只一條穢亂軍營之罪便可治妳死罪！」元修搖頭，她知不知自己身處的險局？

「大將軍之意是，我不能再留在軍中？」暮青問。

「我若不留妳，妳待如何？」元修望著她問。

「進京，尋仕入朝。」

武官當不成，當文官？

她還想扮男兒？

元修被氣笑了，道：「就妳這孤僻性子，當不了文官！讓妳當上了，官兒也高不了！」

他本是開暮青玩笑，暮青卻眸光如初雪，化不得，刺人心，「為了爹，我什麼事都能做。」

若必走那條路，她便拋了這一身清冷孤僻，從此左右逢源、八面玲瓏、爾虞我詐，行那以前行不得之事，只要能往高處去，能查出真凶，能為爹報仇，這人間苦，她不怕！

少女孤坐，窗冷西風，枯葉飄零，她卻似那常青的松竹，永不枯。

元修望著，忽然起身向外走去。暮青不求亦不留，他走到門口停了下來，問：「最後一事，妳與刺月門門主既有婚約，為何報仇之事不尋他相助？」

暮青愣了片刻，元修等了半晌沒見她答，複雜一笑，「抱歉，此事是我唐突了，我……」

「你在刺月門，月錢幾何？」暮青的聲音忽然傳來，元修回身一瞧，見她已站在窗臺邊，低頭望著窗下人。

月殺盤膝坐在窗下，抬頭，不解。

「除了月錢和暗殺的賞，多做事你們主子給賞？」

「……」

「你是我的親兵長，月錢幾何？」

「二錢。」太少！好意思問！軍中的銀錢夠寒酸的。

「多做事我給賞？」

「……」

「那你賣力當月老？」

元修眸底漸有明光生出，那光動了星河，漸灼人眼。他大笑一聲，唐突拋到腦後，只覺心頭舒暢。

這時，院外有親兵敲門道：「稟大將軍，睿公子被毒蟲咬了，聖上特意帶了御醫來。」

元修應了聲，正要走，暮青的聲音傳了來——

「地宮裡有毒蟲？」

「地宮前殿那兩道甬道的石門裡有毒蟲，此事日後再與妳說，我先去見駕。」元修忙著走。

「但這是件案子。」

「案子？」元修問時已轉身回來。

「謀殺案。元睿是你庶兄？」

既姓元，又能讓聖駕帶著御醫親自來看望，應是元家人。聽聞元家只有元修一個嫡子，而他的年紀最小，那麼元睿應該就是元修的庶兄了。

「我大哥。」

「你大哥武藝如何？」

「你怎知他會武藝？」

「太好推斷。京中子弟年少時大多文武藝都習，不成武將也可騎射玩樂，此乃大興士族風氣，你大哥半分武藝也無，如何在京中貴族圈中走動？他定習過武，但因騎射圍獵只是京中子弟的玩樂，因此他的身手只不過是花拳繡腿。」

「既如此，你不覺得蹊蹺？他來西北尋你定是帶了人的，沒帶人也有西北軍在，他為何要親下地宮？我敢保證他一開始沒下去，那麼後來是什麼促使他下了地宮？只有兩個可能——地宮裡找到了寶藏，或者發現了你的蹤跡。有人以這兩個理由其中的一個將他騙進了地宮。」

元修面色忽寒。

暮青道：「有人想藉地宮殺了他。」

這是件謀殺案。

「人是被毒蟲咬的，但身上許有別的傷，可惜我的面具劃破了，不然可以去驗驗傷。」暮青皺眉。

「驗傷？元睿還活著。」元修眉頭皺得更緊。

「不是只有死人才可以驗傷，衙門裡常有百姓鬥毆案，驗傷也是仵作的職責之一。」

元修對此不太了解，聽了暮青的話略一思索便點了頭，道：「魏卓之回來了，妳的面具先給我，我讓他瞧瞧再說。」

如此說，他便是有意讓暮青繼續留在軍中了。

暮青心中有了數，但沒有說破。有些事不必說破，心裡存一份感激便好。

暮青將面具拿給元修，他便離開了。

次日一早，元修來了，臉色沉著。

「人死了？」暮青問。

「沒死。」但比這更糟。

元修將面具遞給她，道：「傷處昨夜潰爛，已不成樣子了，妳隨我去瞧瞧吧。」

元睿歇在元修房裡的偏屋，暮青跟著元修進院時，屋裡急急忙忙出來個親兵，說是聖上又來了。

元修下意識看了暮青一眼，暮青面無表情進了屋去。

屋裡藥香薰人，吳老領著齊賀和兩名御醫圍著床榻轉。窗邊置了把闊椅，步惜歡融在椅子裡喝茶，衣袖如燒雲，灼了窗臺金黃落葉，襯那眉眼懶如畫。

「臣周二蛋，恭請聖安，吾皇萬歲。」暮青進屋，一本正經地行禮。

喀！

步惜歡將茶盞往窗臺上一放，衣袖漫不經心拂開，暮青膝前忽覺有風來，再彎不得半分。

那一拂不著痕跡，吳老等人聽見暮青的聲音轉身時，只見她欲跪請聖安，步惜歡擱了茶盞，笑道：「免了。朕聞周愛卿寒熱未散身子正虛，西北秋涼，地上寒，莫染了寒氣。」

元修跟在暮青身後，瞥了眼步惜歡的衣袖，又聽聞他的話，不覺英眉微蹙。但只一蹙，他便斂了神色，行禮道：「臣元修，恭請聖安。」

「愛卿也免了吧！腿上還有傷。」步惜歡懶洋洋道。

「謝陛下。」元修直起身來，恭謹道：「陛下，臣請英睿將軍來為臣兄驗傷。」

「哦？何故需驗傷？」步惜歡明知故問。

「臣以為，臣兄中毒之事有蹊蹺，故而請英睿將軍來驗驗傷。」元修故意言道。

元家富貴已極，敢動元家的人身分必貴，若是說她認為事有蹊蹺，她必得罪幕後那人。

她孤身一人，無根無基，易被人欺，不如他打下來，他是西北軍主帥，身後有元家，想動他可不容易。

元修抱拳立著，窗外日頭漸高，照著窗臺金黃葉，晃得眉宇似染盡大漠金輝。望著他，便如望山關廣闊，烈日不落。

暮青望著元修，面上清霜淺化。

步惜歡神色淡了些，道：「哦？那是要驗一驗。」

他不緊不慢地起了身，容顏覆一層秋輝，如畫，卻望不真切。見他走來床榻邊，兩名御醫垂首恭立一旁，吳老和齊賀端著藥碗讓開。

暮青和元修來到床榻邊，只覺一股子薰人的藥味直衝鼻間，夾雜著淡淡的腐臭氣。

元睿赤著半身，穴上扎著十數根銀針，渾身青紫，左臉頰處一塊潰爛傷，皮肉已爛得不見了，臉上露出白牙森森，人躺著如一具腐屍。

除了左臉，元睿右掌和右臂上還敷著搗爛的藥草，應該也是蟲咬之處。

暮青探了探元睿的頸脈，脈息微弱，時有時無，看來已是枯木朽株了。

「敢問吳老，所敷藥草為何物？」暮青問。

「老夫調製了幾味祛癰瘡腫毒的藥，又添了玉芙蓉。這玉芙蓉乃大漠獨有之物，散蛇蟲之毒頗有奇效。」吳老道。

玉芙蓉便是仙人掌，對蛇毒、癰瘡腫毒、燒燙傷頗有療效。

吳老搖頭嘆氣，他在軍中多年，將士們常有被毒蛇咬傷之事，他對蛇蟲之毒有些心得，但此法治療睿公子的毒傷卻收效甚微。

這天下間能解此毒之人怕是只有瑾王爺了，只是瑾王爺在京為質出不得京。睿公子的毒傷甚重，眼下只能以銀針鎮著毒，護著心脈了。

「妳可有法？」元修問。

「三件事。」暮青不解釋，只吩咐：「第一，準備食醋，傷處先以食醋沖洗，後敷吳老的藥草。我不能保證此法定有效，但應比只敷藥草有效。」

「何解？」吳老問。

「睿公子傷口附近皮膚充血、水腫、糜爛，色紅棕，並形成潰瘍，推斷為強鹼性中毒，醋為酸性，可中和毒性。中毒時日已長，效果定不如初中毒時，但配以吳老的方子，應能延緩傷處潰爛。」暮青道。

鹼性？

酸性？

無人聽得懂，但元修信得過暮青，立刻便差人去辦了。

「第二事，派人去查在地宮裡中毒的將士是何症狀，蟲咬處是否潰爛，是否全身性紫黑。蟲毒一般是酸性的，少有鹼性的，就算此毒蟲有異，腐蝕性蟲毒也應該只對毒液接觸處的皮肉造成傷害。非吸入性中毒，一般不會致使全身紫黑。此傷有問題，查查其餘中毒的將士是否與睿公子的傷情一致！」

「去查！」

「第三事。」暮青看向床榻上躺著的元睿，道：「把他的衣衫都脫了，我要驗傷。」

屋裡半天沒聲音。

兩道目光朝暮青射來，一道重若萬鈞，烈日般灼人，一道輕飄飄的，漫不經心，卻涼颼颼。

暮青在烈火寒冰裡恍若不覺，對那兩名御醫道：「拔了他腿上的銀針。」

兩名御醫面面相覷，瞄了眼步惜歡，戰戰兢兢低下頭，眼觀鼻鼻觀心。

暮青不懂施針之術，不知取針有無手法之忌，若非如此，她早就自己動手了，何需他人？見兩人支使不動，她便對吳老道：「那勞煩吳老。」

吳老笑呵呵看了眼元修，詫異地呃了聲，笑不出來了。

這是怎麼了？不就是取針脫褲？怎聖上和大將軍都不樂意？

暮青皺眉問元修：「大將軍何意？」

元修眉頭皺得比她緊，「我大哥不是已寬了衣？」

「他褲子還沒脫。」

「為何非要脫褲子？只如此驗不成嗎？」

她是女子，大哥是男子，她扮著男兒便真以為自己是男兒，不避諱男女之別了？

「只如此驗？大將軍當初不脫褲，我能看見你腿上有傷嗎？」少年口吐寒冰，元修耳根騰地燒紅，諸般話語憋在心口，再難開口。

暮青後心兒卻忽有涼意襲來，步惜歡坐在桌邊瞧著她笑，那笑如暖日和風，卻只令人忽覺春寒，「愛卿，針鎮著經脈，如何取？取了人便死了。」

「哦。」暮青覺得這不是問題，「那便勞煩陛下或大將軍封了睿公子的經脈，然後便可取針了。」

「為何？」

「愛卿好聰慧。」步惜歡笑意漸深，慢悠悠道：「可朕不敢點。」

「有人威脅過朕，再點剁手。」

暮青：「……」

元修：「……」

兩名御醫抖了抖，悄悄瞄了眼聖顏，見步惜歡噙著笑意，眸底春光醉人——聖上笑得如此開懷，大抵事有不實，誰敢威脅聖上？還說要剁手，這可是株連九族之罪。

暮青抿著脣，似含薄刀，割了割步惜歡，轉頭對元修道：「那大將軍動手吧，睿公子是大將軍的兄長，你想看他含冤受罪？」

元修年少時雖與元睿多有不和，但他畢竟是他的庶兄，不可看他枉死在西北。

「只挽了褲腿給妳瞧瞧如何？咳，西北秋涼了，光身易染風寒。」元修編了句瞎話道。

「大將軍怎知睿公子沒傷在大腿？」

元修一聽大腿，耳根的紅雲時蔓延到脖子，轉過身去一時不肯再看她。

步惜歡也不再說話，氣氛一時僵持，暮青忍無可忍，自去了榻前，掌心翻出把解剖刀來，順著元睿的褲線便劃！

世事需變通，針不可取，穴無人點，她可以將褲子劃了，不過是片布，取下來便可！

暮青一動手，步惜歡和元修便瞧出了她的意圖，一紅一墨兩道人影如風，頃刻便在榻前，一左一右握了暮青的手腕。

屋裡忽靜，步惜歡和元修對視一眼，目光同落在對方手上，步惜歡笑裡藏刀，元修目若沉淵。

兩名御醫低頭目不斜視，吳老不知看還是不看，只覺今日事叫人看不透。

「二位若不想驗，我走就是！」暮青用力欲掙脫。

元修見她動了真怒，不覺有愧。本是他決定請她為兄驗傷的，到頭來卻百般阻撓她。他一時無措，聽步惜歡嘆了聲，順手在暮青手中一摸，將她的解剖刀拿到了手中。

「愛卿果真聰慧，此主意甚妙。」步惜歡笑著把玩了下那解剖刀，隨後對元修道：「元愛卿封穴吧。」

元修不知聖意，卻只能依旨行事，放開暮青便封了元睿的穴。

步惜歡坐去榻旁，暮青瞧著，不知他要搞什麼鬼。只見他漫不經心地把玩著解剖刀，在元睿大腿處比來比去，刀光晃眼，看得吳老和兩名御醫眉頭直跳，心跟著那刀光上上下下，只覺陛下是想閹了睿公子。

心正顫著，忽見刀光閃！

三人不覺避開眼，只聽嗤一聲，步惜歡懶聲笑道：「嗯，好刀。」

三人睜眼，只見元睿腿根下三寸處的外褲被開了一刀，皮膚未傷到分毫。

步惜歡收了刀，一根根取了元睿腿上的銀針，抬手一扯，元睿的褲子從那刀口處忽裂，眨眼間被撕了下來，露出兩條青紫的腿。

步惜歡扔了那兩條褲腿和銀針，拍了拍手起身，淡道：「驗吧。」

只見榻上元睿躺著，上身赤著，雙腿光裸著，唯腰間穿著條短褲，要多怪異有多怪異。那短褲不僅遮了男子部位，連大腿都遮了三寸！

元修深看了步惜歡一眼，他未想過還有此等法子，也未想到過聖上會如此緊張此事。

莫非，聖上對她有意？

元修微低頭，面色晦暗，幾分沉憂。

這時，暮青問：「陛下怎知睿公子臀部無傷？」

元修抬頭，晦暗的臉色又深了幾分。

步惜歡本往榻下走，聞言回身，定定望住暮青，半晌，忽起一笑，那笑涼薄，望的卻是榻上元睿，道：「這中毒的身子朕不想瞧，有汙朕目，愛卿就如此驗吧。」

「榻前有帳，放了帳子便好。」暮青分毫不讓。

屋裡死寂，吳老暗自給暮青使眼色，英睿將軍性情冷硬，平日在軍中也倒罷了，今日面對的是聖上，怎可如此不知進退？連元修都不懂暮青為何如此堅持，他看了步惜歡的臉色，本欲開口為暮青說話，卻一愣。

只見步惜歡望著暮青，眸底諸般情緒忍著，雖笑著，那笑意卻隱有苦楚。

暮青看見那苦楚，卻還是不讓。

兩人就這般對峙著，直到那苦楚化作無奈，「罷了，如何驗，愛卿說了算吧。」

步惜歡走去桌邊坐了，臉上仍有笑意，那笑卻像是刻上去的。他自斟了杯茶，茶已冷，他低頭品著，一口一口，任那冷茶入腹，在舌間化作苦澀餘香。

今日之事是他方寸有失。

驗死驗傷乃她所學，死者傷者於她心裡不著色相，她看的是真相，洗的是冤屈。此事是他已難做到當初在刺史府時的心境，而非她之過。

既是他的緣故，那便他自個兒想法子吧！若叫她日後每每驗死驗傷前都顧念著他高不高興，便是他拘著她了。

她若驗傷不全，查案有失，必定自責。天下無冤乃她一生所求，此四字他一生中已沒有，願幫她守著。

「去吧。」一盞冷茶喝盡，步惜歡已神態如常，眸光如春日午後的湖，和暖無波。

暮青轉身面向床榻上的元睿，道：「驗！」

一字鏗鏘，步惜歡抬眸，微愣——她沒脫元睿的外褲。

元修也愣住，既不打算脫，為何方才要與聖上爭論對峙？

「傷者右膝有局部隆起，觸之微硬，乃皮下出血引起的血腫。」暮青觸了觸元睿的膝。驗屍驗傷是她的工作，看驗全面是她的工作要求，不可兒戲，不可鬆怠。

她並非爭論，只是堅守，也並非對峙，只是想看步惜歡的決定。

仵作是她的職業，工作時她會屏除個人情感，他是否信任她以及是否願意尊重她的工作，是他們合適與否的關鍵。

若他願意信任且尊重她，那她也不會吝嗇付出與回應。

以她的習慣，驗傷前她便會讓傷者全部呈現在面前。但今日他在屋內，她可以考慮他身在此處的感受，改變她的習慣，先驗其他部位，最後再驗令他尷尬之處，這是她願意為他做的。

「把上身的銀針取了，來兩個人把他翻過來，我要看看後面。」看過元睿的雙腿後，暮青道。

吳老將針取了，兩名御醫來將元睿翻了過來。

暮青先看了元睿右腿彎處，拿手一按，道聲：「果然。」

她又按向元睿的手臂，他的右臂被毒蟲咬傷，潰爛頗深，左臂卻還完好，暮青按了按他的前臂和掌心，又察看了他的手肘，看罷後道：「翻過來！」

兩名御醫依言行事，暮青掰開元睿的嘴看了看唇舌，而後一刀割斷了他的褲帶，道：「再翻過來！」

元修眉頭猛地一跳，道：「妳——」

「閉嘴！」暮青頭也沒抬，俐落地拉下了元睿的長褲，以兩指在他青紫的皮膚上按壓了幾下，又俐落地將長褲拉上了，整個驗傷過程不過眨眼工夫，迅速果決。

步惜歡低頭喝茶，元修尚在被吼住的愣愣中，暮青已驗傷完畢了。

「已經明白了。」她道。

步惜歡自冷茶中抬眸，暮青卻未明說驗傷結論，只對元修道：「那日陪睿公子下地宮的將領是誰？把此人找來，再給我間屋子。」

「妳是說青州將領吳正？」元修問。

「青州將領？」暮青回來剛一日，只推測元睿來西北帶了人來，卻不知是青州的人。

「妳懷疑吳正暗害我大哥？」元修沉聲問。

「是不是，審了才知道，大將軍只派人去請，說有事過府一問便是。」

「好！」元修負手便往屋外去。

暮青卻又將他喚住：「大將軍派人傳話時與吳正說，要他把那日隨睿公子入地宮的兵都帶來，此話一定要傳到。」

她特意囑咐此事，元修便知話裡有深意，面色不覺又沉了幾分，轉身出了門去。

第二章

班師回朝

吳正來時只帶了三個青州兵。元修向他說明了是暮青有事要問，吳正一臉詫異，卻未露出不快之色，反倒很善解人意地應了，元修便命親兵先帶著三名青州兵去了後廳。

天近晌午，秋日高懸，廳中坐一位少年將軍，雪袍銀冠，襯那眉眼三分清冷英氣。

一名青州兵被帶進屋裡，戰戰兢兢道：「將軍。」

「坐。」暮青道了聲，低頭喝茶。

那青州兵瞄了眼她面前的闊椅，不敢坐。

「軍令，坐。」暮青把茶盞往桌上一放，喀的一聲，驚得那青州兵一跳。

暮青是西北新軍的將領，那青州兵則屬青州軍，軍令一說實屬莫名，那兵卻不敢有違。所謂官大一級壓死人，更何況面前之人還是聖旨敕封的正五品中郎將。

那青州兵屁股沾著半面椅子坐了，頭低著，眼神微浮。

「抬頭。我問你答，配合些。」

那兵吶吶點頭，剛一點頭，暮青便開了口——

「你隨睿公子下過地宮？」

「是。」

「哪一日下的地宮？」

「呃……」那兵眼底閃過慌亂，暗自扒拉著手指頭數，今日二十一，回到關城兩日，路上走了五日，似乎是前一日下的地宮，「十、十三日下的地宮！」

「好，知道了，你下去吧。」暮青淡道。

啊？

來之前將軍交代了那麼多，結果只問了兩句？

「帶他出去。」暮青對門外道，一名親兵進來將人請了出去，接著帶了下一個進來。

暮青還是那一套，讓那青州兵坐了，抬頭正視她，問：「你隨睿公子下過地宮？」

「是。」

「哪一日下的地宮？」

「呃……」那兵也愣了，想過會被問到的各種問題，就是沒想到會被問到日子，他也想了許久，但是沒想出來，吞吞吐吐道：「不、不記得哪日下的地宮了。」

「知道了，下去吧。」

最後一人被帶進來後，依舊是同樣的問題，那人也道記不清了，「不記得是哪日下的地宮了，小的不太記日子，將軍讓我們下地宮，我們就下地宮，哪管日子？」

「嗯，下去吧。」不管那兵怎樣解釋，暮青只叫人出去了，對那親兵道：「請吳將軍來吧。」

吳正進屋便打量起了暮青，只覺他貌不驚人，與他在西北軍中所聞實難以想像是同一人。

「英睿將軍之名如雷貫耳，吳某今日得見，實乃幸事。」吳正和善地笑道。

「吳將軍請坐，我有幾句話想問將軍，望將軍實言相告。」暮青起身相迎，面色清淡。吳正武職比她高一品，但無封號，兩人見面，以大興官風禮儀可以平級相待。

吳正聽過暮青性情孤僻冷淡，卻沒想到她如此直接。他心有不快，笑著坐了，問道：「將軍欲問何事？」

「睿公子的毒是你下的。」暮青語不驚人死不休。

吳正面色冷了下來，問道：「英睿將軍此話何意？」

「你以找到了黃金神甲或者元大將軍行蹤之由騙睿公子下了地宮，趁他不備踢了他一腳，那一腳踢在他右腿彎處，當時離牆壁不遠，他右膝著地，撞到牆上，又跌坐在地。毒蟲在此過程中咬了他的左臉和右掌右臂，你怕毒性不足以要他的命，便趁他驚恐亂叫時，往他嘴裡餵了毒。」

「他唇內起疱，舌見爛腫，腹腫脹，身青紫，此乃服毒之狀。軍醫們餵藥餵食未曾起疑，不過是因他中了蟲毒，以為是蟲毒所致罷了。但地宮毒蟲之毒乃腐蝕性的，人若被傷，只傷處潰爛，不可能呈現全身青紫的服毒之狀。我讓人查了在地宮中被毒蟲咬傷的西北將士的傷症，凡活著的皆蟲咬處潰爛，未見全身青紫，由此可見睿公子是服過毒的。」

「睿公子全身青紫，捽傷不易看驗，但能摸得出來。皮下出血的損傷局部會有腫脹隆起，觸之有硬感，且損傷形態會反映出致傷物接觸面的形態，據此可推斷認定凶器。」

「睿公子右腿彎處有彎月形的硬腫，極像靴尖造成的，軍中一般兵勇的鞋子都是圓頭的，只有軍侯以上的武職才配戰靴，靴尖多為尖的。」

「魯將軍在曾將地宮又燒了一遍，毒蟲被燒死了大半，但也有倖存的。你見到毒蟲時，應該是想讓毒蟲咬傷睿公子的頭。毒蟲咬了他的臉頰，你見他未斃命，只能趁機餵毒，你以為他中了蠱毒便可遮掩過去，但你不通毒理，不知毒不同，傷情有別。」

「不過我有些不理解你為何想以毒蠱殺他，地宮裡機關重重，你明明可藉機關殺他。我唯一能想到的便是原因出在睿公子身上，他應是謹慎多疑之人，你難以找到下手的機會，看見毒蟲後便腦中一熱，趁機動了手。」

沒有多餘的問話，吳正完全沒想到暮青會見了他便將他做的事一一說出。他來大將軍府前早已心有準備，想好了萬全的應對之法，卻沒想到暮青行事不遵常理，他以為她會問的話，她一句也沒有問。

暮青問道：「你可知我問了那三人什麼問題？他們根本就沒有下過地宮，跟隨你下了地宮之人，都死了吧？」

吳正驚住，僵笑道：「我不懂英睿將軍所言何意。」

暮青道：「我讓你懂。我只問了兩事——可隨睿公子下過地宮，哪日下的地宮。」

吳正心中咯噔一聲！

「他們都答是，有一人告訴我是十三日，另兩人都道記不清了，其中一人還解釋了記不清的緣由。其實他們記不記得都無妨，我只想聽他們如何答。我問哪一日下的地宮，一人答十三日下的地宮，另兩人皆答不記得哪日下的地宮了，三人的回答都太生硬。」

吳正不解何處生硬，暮青忽問：「吳將軍來此前，可用過午飯？」

吳正不知暮青怎會忽然問此事，不耐地答：「沒用過！將軍此言何意？」

「沒用過。」暮青重複了一遍此話，道：「吳將軍如此答才不顯得生硬。」

吳正沒聽懂，面色茫然。

「將軍答的是沒用過，而非答沒用過午飯，這便是自然與生硬之別。那三人也同樣，記得日子的答十三日，不記得的答不記得，這才是自然的回答。十三日下的地宮，不記得哪日下的地宮，生硬地重複我的提問，便有說謊之嫌。因為說真話者底氣足，不會擔心因話簡而被疑，唯有說謊話者才會擔心答得太簡會遭人疑，以為說得多才可信，豈知多說恰恰顯得生硬，此乃底氣不足所致。」

「……」

「既然他們連下沒下地宮都在說謊，進了地宮之事何需再問？問了也是謊話，浪費我的時間。」

「……」

「下過地宮的人去哪裡了，吳將軍能給我一個合理的解釋嗎？」暮青沒給吳正答話的機會，她懶得拆穿一個又一個謊言，把所有的推理都擺在他面前，如果他還有話說，再辯無妨。

「其實，睿公子中毒一事不需審兵勇，審了也無用，此案並無實證。睿公子身上只有右腿彎處的傷可證明有人踢過他，卻不能證明那人下過毒，此傷只可定傷人罪，不可定下毒之罪。有人招供只是人證，倘若疑凶犯案後棄了多餘的毒藥，此案便無物證，也就難以定案。我原只想將人請來問些事，說不定能從中發現馬腳，再尋定罪之證。可是，當我聽說是青州軍的將領陪睿公子入的地宮，我便臨時改了主意。」

「疑犯在地宮裡既然沒有利用機關殺人，說明機關殺人的條件不成熟，那麼疑犯也就不太可能利用機關將一同進入地宮的兵都滅口，如果他有此把握，他早就將睿公子一同殺死在地宮了。陪睿公子進入地宮的若是西北軍，那將領沒能在地宮裡將帶著的人都滅口，出了地宮後就更無法下手，因為西北軍治軍嚴明，人若失蹤或死得蹊蹺，軍中必查！若是青州軍就另當別論了，西北軍管不著你們，你的人你自可以處置。但這只是我的推測，沒有證據，所以我讓人請你來時，告訴你要帶上入過地宮的兵勇。而你只帶來了三個人，這三個人卻都沒有入過地宮。」

暮青看著吳正，問：「那麼，吳將軍可否解釋一下，你為何會帶三個沒下過地宮的人來嗎？」

吳正雙拳倏地一握，氣息一屏。

要如何答？

若答跟著他入地宮的人都死了，那人是如何死的，既死了為何不敢明言，要找人假扮？若答跟著他入地宮的人還在，那更難解釋為何要帶三個假的來大將軍府。

如何答都是錯，這根本就是個套兒！

從他被知會要帶人來大將軍府，便中了這少年的計，慌慌張張尋來三人叮囑地宮中事，她卻根本沒問地宮中事便將三人識破了。她本無鐵證，他今日之舉卻將自己推入了坑中，難以自圓其說。

「沒錯，毒是本將軍下的，英睿將軍果真睿智，不過本將軍以為，此事你還是不要多深究得好。大好的前程，毀在此事上不值得。」吳正忽然笑了起來。

暮青問：「以你之能，不該是主謀，身後之人是誰？」

以她的前程威脅她，想必那人身分極貴。

「你！」吳正被諷，面色漲紅，怒笑一聲道：「區區五品中郎將，也敢問主謀？」

暮青面色不變，只道聲果然——果然那主謀身分極貴，不然吳正在西北行凶，害的還是元修的兄長，為何敢如此有恃無恐？

砰！

這時，房門忽然從外被推開，元修立在門口，晌午秋日當頭，照不化面上寒霜。

「她不敢問主謀，那本將軍可問主謀否？」元修進門，身後有勁風一拂，門砰地關了上。

「大將軍？」吳正驚住。

「吳將軍好膽色，在西北地界蔑視我西北將領？」屋中光線昏沉，遮了男子眸底細碎星河，那眉宇似聚一場風雪，煞人。

吳正早聽聞元修待麾下將領親如兄弟，兄長之事他不問，竟先問他譏諷英睿之事？

「晌午了，我去吃飯。」這時，暮青忽然出了門。

元修回身看著她的背影，見她竟真的頭也不回地走了。

幕後主謀是誰，暮青已心中有數，這案子……無法結了。

權貴當道，公理難存，這一身五品中郎將之職終究是輕了些。

夜裡，暮青難眠，步惜歡來了屋裡。

她躺在帳中，回頭間見一袖梨花白，一人進了帳來，坐在榻邊笑問她：「未能結案，可是心緒不佳？」

「你來做什麼？」他以為大將軍府是他的行宮，來去自如？

步惜歡挑起她一綹髮絲，繞在指尖把玩，笑道：「來安慰妳。」

暮青拍開步惜歡的手，道：「我不需要安慰。」

步惜歡笑道：「我想安慰妳。」

又是這樣，她不需要，他想！

強盜理論！

暮青懶得辯，翻身朝裡，閉眼，睡覺。

帳中燭影搖紅，少女的肩柔弱一弧，望之如見那江南月，落在那竹林梢頭，清冷如玉鉤。步惜歡撥弄了下那肩頭的髮絲，依舊繞起把玩，輕輕嘆道：

「那要殺元睿的人……」

「太皇太后。」暮青閉著眼道。

毒殺元睿，事情敗露還有恃無恐，吳正所仗之人只可能是元家人。唯有仗著元家人的勢，他才可能不忌憚元修，在西北的地界毒殺他庶兄。那人在元家定然位比元修高，不是他父親便是他姑姑。

元睿是元相國的骨血，計殺親子之意定難決，但在太皇太后眼裡，元睿只是庶子，因此此事乃太皇太后懿旨的可能性更大。只是元相國應當知情，默認罷了。

世有虎毒不食子，亦有高門無親情，士族門閥的悲哀。

「倒聰明。」步惜歡笑一聲，語氣波瀾不興。

「你的處境是否更險了？」暮青淡問，高門雖無親情，但不到萬不得已，一個家族是不會處置家中子弟的。既然開始清理家中子弟，總覺得是要為一些事做準備了。

「嗯？」步惜歡未答，只笑一聲，韻味悠長，似含歡喜，「妳在擔憂我？」

暮青沉默，早知道就不問了，還不如睡覺！

下來。

這人沒個正經。

這時，忽聽外頭院門吱呀一聲，暮青睜眼，步惜歡瞥了眼帳外，眸光淡了

「大將軍夜裡來此，何事？」月殺在院中問。

「她睡了？」

「睡了。」

屋裡點著燈燭，元修看見月殺的神情便知他是睜著眼睛說瞎話。他手裡拎著罈酒，望著那西窗燭影，沉默了片刻，苦澀一笑，轉身便走。

暮青起身便往外走，走了兩步回身，見步惜歡還闔在帳子裡，人看不見，靴子卻能瞧見。她走回去將人往榻上一推，被子拉過來一蓋，這才出了屋。

「何事？」暮青開門時，元修正走到院門口，她望了眼元修懷裡抱著的酒罈子，道：「我寒症初癒，不陪人飲酒。」

話雖如此說，她卻走到樹下石桌前坐下了。

元修走過來將那罈子往桌上一放，拔了罈封道：「沒帶碗，想喝也不給妳。」

「不想喝，喝多了起夜。」大晚上的，抱著一罈子水灌自己，夜裡還要起來解手，簡直是自找罪受。

元修正抱著罈子喝，一口水灌下險些嗆著自己，氣也不是笑也不是，她可真不像女子！哪有女子當著男子的面，起夜說得臉不紅氣不喘的？

月殺看不下去了，遠遠道：「大將軍喝的是西北燒刀子？大晚上的找女人喝酒不合適，不如我陪你喝！」

「你想喝？」元修笑一聲，痛快應了：「好！接著！」

他把酒罈一揚，作勢要擲出去，暮青抬手按了下來，「不給。」

月殺臉色一寒，他在替她解圍呢，她看不出來？這女人除了斷案，其餘時候都傻吧？

「你自己喝。」暮青不理月殺，對元修道：「喝酒管醉，喝水管飽，起夜管吹冷風。多吹幾回也就清醒了，反正你今晚也睡不著，不如多喝幾罈，罈子嫌小，院兒裡有缸。」

元修：「……」

有那麼一瞬，他忘了今晚來此的目的。

晌午吳正對他招了此案，元睿之事竟是家中布的殺局。他在廳裡獨坐了一下午，晚飯也未用，只覺胸中堵得慌，本想出門吹吹涼風，一開門望見冷月掛在簷角，黃風朦朧了月色。他記得，那晚與她在將軍亭中飲酒時便是如此月色，心中一動，便抱著酒罈子來了。

他就想與她在院中坐坐，他記得這院子裡有棵老樹，樹下有方石桌。他想與她在樹下坐會兒，看那月色朦朧，伴那西風落葉黃。他想看那落葉如雨，落在她髮間，飄在桌上，浸入酒罈，他喝那罈水，西北獨有的黃風老樹香，她看著他喝，世間獨有的清姿卓絕。

他想，若如此，心中煩惱或可一時忘卻。

可他來了，事情卻與他想的有些不同。

月色朦朧，西風落葉，有。

老樹石桌，落葉如雨，有。

枯葉落在她髮間，飄在桌上，拂過酒罈邊，他抱著那酒罈，與想像中似也沒差多少，可為何他心頭不曾有那有美為伴的柔情，不曾有那把清水當烈酒的痛快，亦不曾有那家事的煩惱苦澀，腦中只有盤旋不去的「缸缸缸」？

元修哭笑不得，唯有一點他想對了，煩惱他是真忘了。

她寬慰人之法，從來都如此獨特。

她沒戴面具，青絲散著，坐在這西北老樹下，肩比玉鉤，更顯清冷單薄。

元修摸了把肩頭，這才發現沒披披風出來，眼看要入冬了，西北夜風已涼，暮青寒症剛好，元修有些惱自己的粗心大意，便道：「妳回屋吧，我這就回去。明日起我會有些忙，邊關戰事該有個了結了。妳身子剛好，就在府中住著吧。」

「我回去。」暮青道。

「聖駕在石關城。」元修蹙眉道。

「那又如何？」

元修有些難以啟齒，但忍了幾忍，終是道：「若聖上召妳……伴駕，妳如何是好？」

「看心情。」暮青答得乾脆，毫不為此煩惱。

院子裡兩個男人卻為此反應各異，月殺擰眉，元修氣得一笑。

那是聖上，豈容她看心情？

「接著！」元修掌心一翻，一物擲出，卻不是給暮青，而是給月殺，「拿著，你們將軍若有事，派人執此令來尋我。」

她的性子倔，既說了要回去，想必他是攔不住的。既如此，不如把他的手令給她，若她遇事需救急，可派人執此令來尋他。

月殺低頭一瞧，見手裡的是一塊權杖，玉面飛雕，並非軍令，而是元修的手令。

這等私物竟給女子！

月殺面色頓沉，剛想將手令擲回去，一抬頭忽見一物凌空呼嘯砸來，月殺未感覺到殺氣，抬眼時已看清那物，伸手一接，將元修抱來的酒罈子接到手裡，聽元修道：「燒刀子給你，喝完了去領軍棍。」

月殺撈著那酒罈，微愣。那罈中是滿的，可聞著卻清淡無味，哪有酒氣？正愣神兒，元修已朗笑一聲，大步離去。

暮青離了石桌回屋，經過月殺身邊時道：「喝不夠，院兒裡有缸。」

月殺：「……」

暮青已進了屋，順手將門關上了，待去了床榻旁，帳子一撩，她便愣了。只見帳中男子枕臂懶臥，外袍已褪，衣襟半敞，烏絲雲垂，懶洋洋笑眼看人，似那蓬萊深處高眠的仙。

暮青問：「誰讓你寬衣的？」

「嗯？」步惜歡笑著不起，「不是妳將我推上榻的？」

「是我，不過我應該沒寬你的衣。」

步惜歡懶懶應了聲，不提此事，只問道：「愛卿心情如何？可要伴駕？」

「不好。」

就知道她會拒絕，步惜歡手一伸，「那我伴妳吧。」

這一伸手，看似漫不經心，暮青卻只看見那伸來的手腕清俊勝玉，珠輝眼前一晃，她手腕已被握了！忽來的勁力綿裡揉鋼，暮青冷不防被往榻上一帶，眼前便見一片玉白。

溫熱的體溫，男子自然的氣息，暮青臉貼著步惜歡半露的胸口，只聽步惜歡低沉一笑，胸口輕震，震得她耳根微癢：「可要月殺拿手令去尋人救急？」

天地忽然一轉，暮青頸下換作軟枕，她剛要答，步惜歡忽然覆下，封了她的唇。

她的清香如人，亦似那雨後青竹，令人想起那翠綠葉尖兒上沾著的晨間露，初品清香寒冽，餘香沁脾，悠長難忘。

他的氣息如松，常薰著的松木香此時雖不聞，暮青卻想起從軍前林中溪邊的夜，她一直想將那夜忘記，今夜卻被催濃，無香，香卻濃。他如那霜雪天裡的梅，恣意地在她清冷的世界裡盛開，織成一片紅塵網，網得人想逃卻逃不得。

暮青只覺愈漸乏力，昏昏沉沉，她看見燭光映在帳上，那暖黃一豆漸成殘影，正覺氣息不勻時，步惜歡忽然放開了她。

「感覺如何？」他聲音懶沉，似剛睡醒般，微啞，笑凝著她問。

「感覺？」她喘了會兒氣，音色竟有幾分軟儂。

「嗯。」步惜歡笑著，眸光繾綣溺人，等著她答。

她答：「你……不是不舉？」

燭暖羅帳，春色難留，一腔繾綣成空，烏絲遮了男子半邊容顏，眉宇青暗，眸底似有星寒色，殺人。

少女面含春粉唇兒紅，本是難見的女兒色，那眸卻清透明澈，蹙眉思索著別事，她問：「你能舉，為何太皇太后敢將柳妃賜與你？難道不怕你發現她非完璧之身？」

皇家最重顏面，帝王皇權再低也是帝王，事若敗露，太皇太后和帝王都顏面無光，這等一損俱損之事，太皇太后會做？

柳妃被賜給步惜歡，究竟是何因由？

暮青蹙眉思索，步惜歡翻下來，在床榻外側懶懶臥了，支肘托腮瞧著她，等著她。

暮青想了許久，終覺得線索太少，一時無解，這才想起步惜歡來。她轉頭望去，望了會兒，問：「你生氣？」

「我不該生氣？」

「你該歡喜。」

「哦？」

「那夜開棺驗柳妃屍身，我斷你不舉，你曾氣得拂袖而去，我以為你是因被我看穿隱疾才動怒，今夜才知是我斷錯。既然誤會釋清了，你為何不歡喜？」

步惜歡聞言半低下頭，肩膀輕聳，沉沉笑了起來。

嗯，真是她的思維風格。

他哪裡是氣她此事，他只是氣她如此不解風情，也不挑個時辰。

但他並不言明此事，只是托腮瞧著她，笑問：「那妳可歡喜？」

他既有與她相守的心意，便早有承擔她不解風情的覺悟。因她從來都是如此，而他也早就知曉。他總不願因此事氣她，總想著往好處想，善於發現她的好。

她此前一直以為他不舉，這些日子還願與他親近，世間有多少女子能行此事？若她以為他有疾還不嫌棄，他是該歡喜。

那如今他並非不舉，她可歡喜？

「有疾也無妨，我不歧視身有隱疾之人，但健康自然比有疾好。」暮青直言不諱。

這等閨房祕話，也只有她敢直言。但她的直言卻讓他的眸被璀璨點亮，步惜歡脣角噙起笑來，那笑漫然悠長，歡喜醉人。他就知道，她是這世間難得之人。

但歡喜了一會兒，他眸中笑意忽盛，問：「青青，妳莫非冷情？」

暮青微愣。

只是這愣愣的工夫，步惜歡忽然將她的衣帶一扯，帳中忽見江南月色，清柔一弧。

暮青肩膀一涼，怒意方起，忽覺肩頭一痛！那一痛，涼入肌骨，也燙入肌骨，只覺有魚兒鑽入身子裡，癢得她忍不住顫起。

那一顫，月色朦朧，他在她肩頭低低一笑，模模糊糊道：「嗯，看來不冷情。」

「步惜歡！」她怒斥一聲，那聲音卻失了平日的清寡冷硬，添了幾許軟儂。

「嗯。」他含糊地應了聲，本是想著逗逗她便作罷，未曾想這一嘗滋味太好，似初雪入了口，一含即化，他忍不住深吻了下去。

暮青使不出半分氣力，渾身都在癢，他咬她肩頭，她癢；他吻她頸窩，她癢；他的烏絲拂在她臉頰上，她也癢。癢入肌骨，連挪一挪的氣力也無，只聞見他的髮香，那般自然的香氣。她想起在行宮時，宮中燈燭常點蘭膏，乾方殿中薰著甘松，氣味清苦，他身上便沾了這香氣。那時不曾多想，如今身上沒有這氣味，反倒想起那香來。富貴人家多喜薰香，世有龍涎、烏沉、伽南沉香，都是極貴之物，宮中應是不缺。她不知士族貴胄人家都薰何香，但絕不會是甘松。甘松清苦，難顯富貴氣，且有理氣止痛之效。此乃藥香，步惜歡常薰此香，可是身有苦疾？

這些思緒不過閃念，帳中昏暗，燭光映在帳簾上，眼前如燈影在掠，行宮、溪邊、前夜……

她不記得步惜歡何時起的身，只記得他起身時道：「下回莫再說舉不舉之事，世間男子聽不得此話。」

他下了榻去，深望了她一眼，將她此刻衣衫半解的模樣深深記住，然後便披了外袍走了，「睡吧，今日驗傷審案的也累了。」

暮青見帳簾放下，不一會兒聽見房門開關的聲音，步惜歡真走了。

屋外，男子披著外袍，衣襟半敞著，秋風起，烏髮輕舞，襯那眉宇雍容矜貴。

步惜歡負手望那西北朦朧月色，問：「如何？」

月殺跪道：「回主上，吳正招了，元修將他軟禁在府中，嘉蘭關城中的青州軍也派兵將圍在了府中，軟禁了。」

步惜歡冷笑一聲：「元修殺敵如神，對家中到底是心軟了些。」

軟禁了吳正，只可軟禁一時，不可軟禁一世，人早晚要放。只要人一放，驗傷審案之事便會報與太皇太后和元家，他們終是會知道。元修將看出毒殺元睿之事扛了，雖是為她著想有保她之意，卻終是受家事所累。

「主上之意是？」

「待元修放人，出了西北，殺！」

暮青次日晌午回到石關城，歇息的日子裡，邊關戰報頻傳。

十月二十二日，呼延昊殺老狄王麾下十八勇士，立新部族勇士，稱狄王。

十月二十五日，勒丹軍聯合戎人、烏那、月氏三部襲狄人部族，尋老狄王病重時狄人不救聯軍、致使三萬聯軍被殺之仇。呼延昊早有準備，三路勇士率王軍奇襲戎人、烏那和月氏，三部聞風回救王帳，勒丹軍與狄軍激戰於草原南野，呼延昊殺勒丹三勇士，勒丹軍潰逃的路上，魯大忽率西北軍圍堵，全殲勒丹殘部。同日，戎人、烏那和月氏三部回救王帳之軍，連同呼延昊三路勇士王軍也遭遇西北軍的伏殺受創。

十月三十日，元修親率西北軍入烏爾庫勒草原，襲狄人部族，勒丹等部隔岸觀火，兩軍交戰五日，大小十餘戰，互有傷亡。

十一月三日，關外下了第一場雪，千里草原一夜銀裝，關外冷冬殺人，不出三日便會封關。大軍難再駐紮，元修下令拔營回關，入夜卻遭狄軍偷襲，大軍頓亂，元修率軍棄營往關內疾馳，狄軍一路追趕，被引入大漠。凌晨時分，一聲巨響驚了大漠，地宮炸毀，被引入地宮附近的狄軍多半陷入地宮，近萬人殉葬了暹蘭大帝。

邊關與五胡打了這許多年，這一次算是戰果最豐的一次了。可惜入了冬，大雪封關，戰事不得不停了下來。

但即使如此，將士們仍士氣高漲，五胡這回元氣大傷，一冬可歇不過來，來年乘勝追擊，定能一舉殲滅！

十一月六日，元修率西北軍回到嘉蘭關城，步惜歡犒賞邊軍，晌午在石關城的武衛將軍府宴請軍中諸將。

年節將近，盛京宮中有圍獵之俗，以考校皇家士族子弟騎射之功。如今步惜歡在西北，大雪封關，難以圍獵，席間便決定擇一馬場，同軍中將士們一較騎射，也算君臣同樂。

天下皆知步惜歡行事荒誕，沉迷男色多年，這身子骨兒能上馬背就不錯了，怎有與軍中虎將一較騎射之能？

軍中將領皆有輕視之意，但聖意已決，元修只得領旨，定於次日軍中都尉以上將領在石關城馬場比試騎射！

石關城馬場。

風凜日色昏，雪花紛飛，漫蓋了草場山坡，白茫茫的山坡上人頭黑壓壓。

軍中常有騎射比試，馬場三面圍坡，一大早便站滿了上萬西北新軍。雪大風急，雪片飛沾萬軍眉睫，眉睫下一雙雙眼睛興奮地盯著坡下御帳，帳外都尉以上將領著騎裝披戰甲，大雪紛飛裡肅立，軍容震山關。

御帳裡生著火盆，步惜歡慢悠悠品茶，帳中元修領著顧老將軍和暮青伴駕，暮青將職雖低，卻是軍中新秀，老將新秀同伴聖駕，便象徵著西北軍在伴駕了。

帳中鋪了駝毯，火盆置在中央，正離暮青近，彤彤炭火烤著戰靴，腿腳暖融。暮青轉頭看向步惜歡，總覺得他今日不會只是考校軍中騎射這麼簡單。

正想著，帳外有雪踏聲來，宮人在外頭報道：「啟稟陛下，驃騎將軍魯大選馬回來了。」

騎射功夫無馬不成，西北軍將領皆有戰馬，聖駕來時未帶愛馬，魯大方才便領命選馬去了，人只去了一刻鐘，腿腳倒是快。

「宣。」

「是。」宮人領旨，在帳外唱報：「聖上口諭，宣驃騎將軍魯大進帳——」

帳簾挑開，風雪灌進來，暮青剛烤暖的靴面兒上沾了幾片雪花，轉眼化作雪水，融進了靴面兒。步惜歡瞧見，眉峰微壓，抬眸時目光淡了些，見魯大已大步進了帳。

「陛下，馬選好了。」魯大隨意一跪，抱了軍拳。

「嗯。」步惜歡淡應了聲，把茶盞遞出，身後宮人忙捧去一旁，他懶懶起了身，道：「走，瞧瞧去。」

元修領著顧老將軍和暮青跟隨在後，魯大起身跟上，宮人挑了簾兒，風雪撲面，步惜歡負手在前，微微蹙眉，淡道：「朕冷，把火盆搬近些。」

宮人聞言忙去了。

魯大眼一瞪，眉頭皺得死緊，在後頭猛戳步惜歡後心窩子。

冷！冷還挑這大雪天兒考校軍中騎射，找罪受！

這時，宮人將火盆端過來，幾人讓開身，那火盆便放在了步惜歡身後。元修幾人只好隔著火盆隨侍在步惜歡身後，抬眼望向帳外。

帳外無馬，急雪遮人眼，只能望見白茫茫的雪幕裡對面草坡上黑壓壓的人。

「馬呢？」元修回頭問魯大。

魯大衝元修咧嘴嘿嘿一笑，元修心覺不妙，魯大扯著脖子對帳外候著的親兵道：「把馬趕過來！」

那親兵領命而去，奔出數十步，衝著馬場外一聲長哨！

哨聲落，鐵蹄聲起！

北風怒號，雪起如幕，馬場入口處，烈馬踏雪來。數不清的戰馬馳入，若天地蒼茫間潑來一筆濃墨，雪濺如石，草飛如針！萬馬奔騰之景，壯美如畫！

「西北的馬都是好馬，末將不知陛下喜好，就把好的都趕來了。」魯大對元修道。

「胡鬧！」元修斥道。

軍中戰馬皆為良種，但性情有烈有溫和，讓聖上在萬軍面前親自選馬，豈非有意刁難？戰馬再溫和也比宮中的馬性子野，聖上未必騎得慣，若選好了送來倒也罷了，若親自選，選了性情溫和的，未免有人瞧不起，選了性情烈的馴不服更惹笑談。

再說選馬是門學問，同是烈馬，品貌亦有良莠，坡上觀戰的新兵也倒罷了，今日軍中將領大多是西北軍的老人，識馬的眼力個個毒辣，聖上若選了匹品貌有差的，將領們心中必生輕視之意。

西北軍戍守邊關，軍中兒郎最是熱血，對聖上這些年的荒誕頗有微詞，今日比試若出了醜，恐軍中不滿更甚。

元修瞪一眼魯大，他囑咐他去挑匹溫和的馬，這廝竟胡來！

魯大摸了摸鼻頭，西北的戰馬都高駿雄壯，聖上這軟趴趴的身子骨，就怕給他匹溫和的，他也上不了馬背！

當初美人司那群太監搶西北的兵，可算讓他撈著報仇的機會了！

元修和魯大一來一去打眼底下官司時，戰馬已馳到馬場盡處，無路可去，領頭戰馬揚蹄長嘶一聲，踏雪疾轉，領著駿馬群便繞著馬場跑了起來。

馬群馳過御帳前，如墨潑過去，雪沫撲人如狂，步惜歡負手立在帳外，迎那風雪，淺笑。

元修道：「微臣為陛下選馬。」

「愛卿的心意朕心領了。」步惜歡未回頭，聲音懶得讓人想起慵春午後的陽：「朕親自選。」

「陛下！」元修微愣，正欲攔，步惜歡已負手出了帳去。

萬軍忽靜，只餘風號，坡上新軍齊望御帳外，見風雪裡立一人，天地白茫，那人慢步而行，衣袖舒捲，若天池裡乍開紅蓮。他向馬群行去，元修與顧老將軍跟出，暮青和魯大隨在後面，聽見步惜歡的聲音傳來。

「嗯？」

那聲音帶著幾分興味，暮青見馬群已馳過御帳，往遠處而去。戰馬奔馳如電，行動頗快，御帳前一晃便過去了，她未瞧出有何不對，只見馬群漸漸繞往御帳對面，風雪遮人眼，馬場遼闊，暮青目力難及，只覺馬群有些亂，不知出了何事。

元修面色一沉，問：「怎把牠趕來了？」

「啊！」魯大瞪大眼，風雪灌了一嘴。

暮青這才發現馬群裡空出一塊，幾匹戰馬與其中一匹馬保持著距離，那馬通體雪白，唯兩隻耳朵和四蹄是黑的，瞧著比馬群裡的領頭馬還要神駿。

牠被夾在馬群裡，周圍的戰馬皆與牠保持三尺之距，牠似想出馬群，周邊的戰馬速速讓開，向前奔的馬群便顯得有些亂。

一匹棗紅馬讓得慢了，那白馬忽然揚蹄，那棗紅馬生生被踢翻滑出，雪濺丈高！

馬群受驚乍亂，白馬噴了個響鼻，馬尾一甩，昂首出了馬群，溜達著去了馬場中間的開闊處。

坡上萬軍起呼聲，議論紛紛，皆道好烈的馬！

「娘的！」魯大不顧聖駕在此，開口便罵，轉頭問那親兵：「怎麼把牠趕來了？」

那親兵喊冤道：「將軍，這不能怪俺，這野馬本就是放養的，您挑的戰馬太多了，大概是馬群進來時把牠給擠進來的。」

「野馬？」步惜歡回身笑問。

「是。」元修回道：「此馬乃關外跟回來的，烏爾庫勒草原上的野馬。」

「既是野馬，為何會跟回來？」

顧老將軍道：「陛下有所不知，軍中改良戰馬，大將軍常率將士們在草原上套野馬，去年我軍與五胡聯軍戰於烏爾庫勒草原西野，戰後打掃戰場，發現了野馬群。大將軍率將士們將野馬群全都套了，唯有此馬套不住。此馬乃野馬王，野馬群隨軍入關，此馬便在後頭一路跟了來。因其性子烈，不願待在馬廄，大將軍便下令散養在馬場。」

「這一年邊關戰事緊，臣還未來得及馴服此馬，驚駕之處，望陛下恕罪。」元修道。

「哦？」步惜歡望那野馬王一眼，笑著走了過去。

「陛下！」顧老將軍匆匆跟過去，「陛下不可靠近此馬！此馬……」

話未說完，步惜歡已在那白馬前三尺停下，保持方才那群戰馬與牠保持的距離。

那馬刨開地上的雪，正吃草，眼皮都沒抬，感覺到有人過來，冷淡地轉了個身，把屁股對準步惜歡，順道踢了踢雪。雪隨風撲去後頭，步惜歡含笑走開，那雪撲了趕來的顧老將軍一臉。

步惜歡保持三尺之距繞了個圈，繞去那馬面前，那馬依舊轉開，繼續找草吃。

步惜歡瞧著那馬，笑意漸深，這性子怎瞧著像一人？

「朕與你行個交易。」他沒再去那馬面前，倒與那馬聊了起來。

馬噴了個響鼻，繼續吃牠的草。

步惜歡兀自說他的話：「朕今日考校軍中騎射，你若助朕一回，朕放你回草原。」

那馬吃草的動作微頓，耳朵動了動。

「不僅放你回去，你的馬群朕也一起放了！如何？」問完馬，步惜歡便問人：「那些馬可還在？」

「還在。」顧老將軍道。

「那便派人去清點，一會兒帶來馬場，今日之後，放歸草原！」

元修和顧老將軍皆愣，魯大一臉怒色，好不容易套回來改良戰馬的，他說放就放？

那馬抬起了頭來看向步惜歡，步惜歡負手在風雪裡笑望牠，一人一馬對視，天地茫茫只餘雪色。

不知多久，忽聞一聲長嘶，那馬原地踏雪，雪濺起，馬已馳出，風雪裡那身影如白電烈擊，眨眼便在數丈外。

坡上萬軍驚呼，好快！

方才困在馬群裡，全沒看出此馬之速，未曾想竟如此神速！

正驚呼，那馬已停住，回頭衝步惜歡打了個響鼻，蹄子不耐地踢了踢雪。

步惜歡長笑一聲，道：「拿馬鞍來！」

宮人忙去取馬鞍，送來時滿臉笑容，恭喜道：「恭喜陛下，賀喜陛下！此乃神馬，陛下竟三言兩語便馴服了！不知該賜何名？」

這馬要放歸草原，賜不賜名都無妨，不過步惜歡還真想給牠取個名字。

「嗯，就叫……卿卿吧。」

卿卿？

元修看向暮青，暮青望著步惜歡，眼神冷颼颼。

步惜歡長笑一聲，縱身上馬，戰馬揚蹄長嘶，踏雪馳出。

魯大嘶的一聲，風刀割得喉嚨痛，不可思議問：「聖上會武？」

顧乾也蹙眉深思，「聖上的武藝師從何人？」

元修緩緩搖頭，盛京皇族貴胄子弟皆習騎射，幼時啟蒙文武先生都是要拜的，聖上會些武藝不足為奇。

只是那日為元睿驗傷時聖上曾出過手，瞧那身手，似不那麼簡單。

深思間，舉目遠望，只見草雪飛如石，風雪沒馬蹄，日昏沉，雪茫茫，天地間裂出一道白電，只見有彤雲駕白電飛馳，如神祇天降。

坡上萬軍驚望，見那人馬場裡馳騁一圈，御帳前提韁勒馬，神駒烈嘶，揚蹄踏雪！

嚓！

雪濺丈高，那人在馬上笑望萬軍，袖若飛鴻，風華懾人。

草坡寂寂，北風嘶號，恍惚送一首童謠入耳：「玉驄馬，九華車，誰憐兒郎顏如玉。龍舟興，翠華旌，江河一日十萬金。」

當今聖上驕縱奢靡、荒唐無道、不事朝政，可三言兩語馴服烈馬，馬上風姿世間難見，當真是那傳言中荒誕不經的昏君？

正當此時，忽聞有人聲遠遠傳來：「報——」

那人聲太遠，夾在怒風中，幾不可聞，唯元修面色微沉，舉目遠望。

風裡有馬踏聲傳來，腳下在震，坡上萬軍望遠，見一馬隊馳入，鮮衣怒馬，馬上百人，穿的不是軍中衣袍，倒與御帳外的宮人頗有相似處。

宮人？

「報——」領頭的西北軍將領馳來近處，翻身下馬，報道：「報大將軍，宮中來旨！」

馬隊停下，為首的欽差身坐五花高馬，絳袍白裘，手舉明黃聖旨，倨傲掃一眼馬場眾將士，喝道：「聖旨下！西北軍接旨——」

元修看向步惜歡，見他端坐馬背停在御帳前，風雪細密遮了眉眼，瞧不真切。他只好上前接旨，「臣元修，接旨！」

「奉天承運皇帝，詔曰：五胡蠻虜擾我邊關，西北軍英勇忠烈，驅逐胡虜，守我邊關，實乃家國之幸。而今邊關捷報，大勝五胡，朕承上天仁德，恤邊關百姓飽受戰亂之苦，特旨西北軍主帥元修領議和使，望卿揚我泱泱大國之度，結兩國之盟好。朕亦恤邊關將士，念西北軍主帥元修戍守邊關十年未歸，特旨元修同西北軍有功將領奉旨還朝，以盡褒嘉之典，欽此——」

風雪茫茫，聖旨明黃，九條紅藍金龍分外刺眼，傳旨之音更刺了萬軍之耳，割著人心，一時無人出聲。

欽差念罷收了聖旨，高坐馬上望一眼跪著的元修，臉上這才帶起些笑意來，道：「大將軍快接旨吧。」

元修抬起頭來，未動。

顧老將軍面色微變，心頭忽生不妙之感。
御帳左右有將領憤然起身，大步行來，未至跟前便問：「聖上啥意思？要我們跟五胡議和？」
「我們西北軍跟胡人崽子打了多少年，死了多少將士？議和？怎不去議你娘！」
「這回分明可滅了五胡，為啥要議和？」
「聖上發昏？」
不知誰嚷了一句，元修沉聲斥道：「不可放肆！」
這話卻制止不住憤怒的將領們，他們圍向御帳，帳前宮人戰戰兢兢喝道：「放肆！你們、你們……想謀逆？」
御林衛面色鐵寒，抽刀護駕，刀光勝雪寒，割斷了西北軍最後一根神經，將士憤慨，步步逼迫。
「昏君！」
不知誰罵一句，草坡上新軍齊衝而下，漸有譁怒之勢。
一聲昏君如刀，步惜歡端坐馬上，風刀割著紅袖，似割出一道鮮血淋漓。神駒嘶鳴一聲，揚蹄轉身，似感殺機，要帶著他離開馬場，他笑了笑，拍了拍馬鬃。那笑散漫依舊，卻生愴然。

這時，忽聞一聲少年清音：「聖上在此，敢問欽差大人，聖旨從何而來？」

那聲音並不高闊，並非人人聽得見，卻難逃步惜歡的耳力，雪潑人眼，男子在馬上望去，笑容模糊。

草坡上衝下的新軍停住腳步，眾人聽不見暮青說了什麼，只是見她站起，圍向御帳的人群便向她靠攏了過去。

步惜歡馬韁一打，策馬馳去。

神駒奇快，眾將攔不住，一些武職低的將領也並非真敢攔，只能在後頭跟著。

步惜歡到了近處，問那欽差道：「泰和殿大學士李本？」

那欽差這才下了馬來，道：「臣泰和殿大學士李本，參見陛下！風急雪大，臣未瞧見陛下在此，未請聖安，望陛下恕罪！」

「風急雪大？」步惜歡懶懶笑道：「嗯，愛卿是已到了人老眼花的年紀了。」

李本：「……」

他才五十有二！

「愛卿遠道而來一路辛勞，聖旨可是朝中之意？」步惜歡端坐馬上，問得漫不經心。
「陛下說笑了，自古聖旨皆是聖意。」
「哦？」步惜歡淡淡看了一眼李本，不辨喜怒，似對此話早已聽慣了。
「既是聖意，為何挑今日宣旨？」暮青冷聲問。
暮青披著大氅，瞧不出是何武職，李本見這小子年紀尚輕，想來武職不高，不由斥道：「放肆！聖上在此，本官回聖上的話，豈有你插嘴之理？你是何人，如此目無聖上！」
「目無聖上之人是你！你明知聖上在馬場卻不陛見，我與李大人究竟誰放肆？」暮青反斥道。
「你！本官說了，風急雪大——」
「瞎話！今日聖上考校騎射，軍中都尉以上的將領皆在馬場。你傳旨本該去嘉蘭關城大將軍府，進石關城時，守門小將見你是奉旨欽差，敢不告知你此事？」
暮青看向那帶欽差來宣旨的小將，問：「你是如何對李大人說的？」
小將答：「回將軍，末將對李大人說：『大人來傳旨？那您不用去前頭嘉蘭關城了，大將軍就在咱石關城馬場！今兒聖上考校騎射，軍中都尉以上的將領都在，要不是這時辰當值，咱們也想去看看！』」

「李大人如何說？」

「李大人說，既想去看看，那就帶個路吧！」

李本面色青紅難辨，忙道：「陛下，臣、臣冤枉！」

「你冤枉？冤枉的是陛下！陛下若有議和之意，為何挑在馬場宣旨？考校騎射是昨日定下之事，方才陛下的馬剛選好，比試尚未開始，此時宣旨，無異於攪了這場比試。陛下若有此意，何必安排今日之比？」

「這……」

「武將最恨議和，今日軍中將領皆在，馬場還有新軍萬人，陛下身在馬場，難道不顧忌如若宣旨，將士們譁怒，憑這千人御林衛難以護駕？」

李本一句也答不出，只跪在馬前，風雪嚴寒，他後背竟起了層毛汗。

他知道聖上在馬場，覺得是宣旨的好時機，聖上愈失軍心、民心，接下來之事才好順理成章。

原本一切如他的算計，軍中眼看生了譁怒，哪知被個貌不驚人的小將三言兩語揭穿了？

「這、這……陛下，臣實在冤枉！陛下和諸位將軍不能聽信這位小將軍一面之詞啊！」李本打死不認，若是讓西北軍與元家生了嫌隙，可於日後的大業不利。

步惜歡坐在馬上，眸光森涼。

元修面沉如水，目若沉淵。

周圍的老將新軍，一個個都用看案犯的目光看著李本，彷彿他是跳梁小丑。

李本愈看愈心驚——為何無人信他？

他們都信這眼生的少年？

這少年究竟何許人？

「罷了，愛卿說是朕意，便是朕意吧。」步惜歡嘆了聲。

眾軍望去，見年輕的帝王坐在馬上，笑意苦澀，目含悲嘆。

這些年，宮中事，朝中事，天下傳聞事，似與眾人聽聞的不同。

步惜歡接著道：「李愛卿既來傳旨，想必亦是朝中定下的議和使吧？朕無他願，只望來日議和，你等能多念及邊關將士之情，莫叫胡人討太多好處。」

說罷，他又對元修道：「元愛卿，卿卿和牠的馬群，朕應了要放出關去，待會兒馬領來便一起放了吧。」

元修複雜地看了眼步惜歡，尚未領旨，步惜歡便下了馬，負手走出人群。

將士們紛紛讓出條路來，只見帝王慢步而去，衣袂舒捲如雲，背影別有一番孤涼意，幾步間便被風雪遮了身影，漸漸看不見了。

御林衛和宮人匆匆追了去，李本這才起了身。

剛起身，面前便伸來一隻手，元修將聖旨接到了手中。

「大將軍！」李本面露喜色。

「大將軍？」西北軍眾將領不解。

「既非聖意，這也算聖旨？不接也罷！」

元修抬手一拋，那明黃卷軸飛上半空，刷的展落，雪撲蓋了字跡，他看也未看那聖旨，一拳凌空，將那議和聖旨砸了個洞，拳風猛震，只聽嗤的一聲，那卷軸撕開兩半，啪地掃落在地。

萬軍震驚，李本臉色刷白。

「西北軍，不議和！」元修踏了那半幅殘旨，大步離去。

這一日，聖上於石關城馬場考校軍中騎射，比試未行，聖旨便到了。

議和聖旨乃朝中賜下，三十萬邊關將士氣憤之餘一時無所適從。

元修撕毀聖旨拒不議和，西北軍將士雖信他，關城內的氣氛卻緊張了起來，人人為議和之事壓著心火。

大將軍府，書房。

「明日就讓李本帶著他的人滾回朝中！」

「那後頭的議和使團大將軍也一併攆回去？」顧乾問。今日李本帶來的人都是宮中之人，只他一個文官，朝中不可能只派一人與五胡議和，李本定屬先行官，後頭還有人，恐怕不日便到關城。

「命魯大持軍令去石關城城門守著，不得放人進關！」

顧乾嘆道：「大將軍如此將人攆回去，太皇太后與相國的顏面怕是無存。」

元修更怒，回身問：「老師之意是將人放進來？人放進關來，傷的便是我西北將士之心，傷的便是我大興國的顏面！」

「大將軍可想過聖上為何忽然心血來潮，要考校軍中騎射？」顧乾不再硬勸，換了個話題。

「聖上知道今日朝中議和旨意會到。」

今日聖上若在武衛將軍府中，議和聖旨下到西北，軍中定然譁怒，聖上只帶了兩千御林衛，根本擋不住西北軍三十萬將士。他這些年行事荒誕，昏君之名天下皆知，即便解釋也無人相信。所以，他便藉騎射之名將軍中將士齊集馬場，議和聖旨賜下時便自然而然地將自己摘了出去。

聖上的高明處在於不僅將自己摘了出去，還讓軍中得知了聖旨是元家之意。西北軍是他一手建立的，將士們與他情誼深厚，但與元家並無情誼，朝中若執意議和，將士們必會對元家生出不滿之心來。

且聖上今日露了一手馴馬之能，後來又有頗為體恤邊關將士的言辭，將士們心中定有動搖。

一箭三雕，好深的心思！

顧乾頷首道：「沒錯，大將軍既知聖上之意，就該知朝中之意。」

元修自嘲一笑，「老師說的是元家之意吧？」

姑姑和父親的野心他知道，十八年前，元家看似可奪了這江山，實則江北之地尚有他黨，江南水師都督何家與元家有不可解的世仇。當時若奪位，江南定不承認元氏朝廷，江北也可能會有動亂，因此才立了幼帝，籌謀多年。這些年家中著力肅清江北他黨，培植自家勢力，如今江北已在元家囊中。

今日若聖上不用計，議和旨意一下，他失的便是西北軍心民心，甚至議和之事傳開，他失的會是天下人之心。民間對聖上怨言已深，若再有西北議和之事，那便是絕好的廢帝之機！

這才是元家——他的姑姑，他的父親，真正的用意。

「老夫知道大將軍無爭天下之心，但你是元家嫡子。太皇太后也好，元相國也好，這江山便是奪了，日後也是你的。你若不想要就該回京去，太皇太后最是疼你，元相國也只你一個嫡子，除了你還有誰能阻此事？」顧乾見元修忽然回頭，眸中似有異光，便知此話說動了他。

「朝中議和使節與胡人談過後，五胡也要派議和使進京，議和條約需在朝中商議簽訂。大將軍若回京，一可勸勸太皇太后與相國，二可阻撓議和之事，不比在西北煩心朝事家事好得多？」

元修無言，老者含笑，目含鼓勵，窗外風雪不知何時已歇，晌午的日頭漸露雲層，日色落窗臺，雪隔著窗紙晃著人眼。

元修轉身看著窗臺，由那雪映亮雙眸，半晌回身一揖：「學生多謝老師開解！」

顧乾笑道：「回去吧！如今你已是西北軍主帥，身負一番功業，不再是當年離家的少年郎，朝事家事都可說得上話，不必再在西北躲清閒了。」

「是，男兒當為國，不該躲清閒，學生這些年愚鈍了。」元修道。

顧乾搖頭，他若愚鈍，世間便無那令五胡十年叩關不成的西北戰神了。只是他一心為國，卻生在元家，家國難兩全，他又是那有血性的重情之人，心結難解便生了逃避之心，如今看開了就好。

「既要回京，學生有諸多事安排，老師在屋中喝茶吧，學生先去了。」元修對著顧乾一揖，轉身便風一般地走了。

書房的門關上，老者臉上的笑意漸淡，露一副悵然意。勸他回去，他也不知對與不對，只望盛京的爾虞我詐莫要磨了這大好兒郎。

石關城裡，中郎將府裡有人一嘆。

那人坐暖榻旁，手裡玩著把刀，道：「青青，妳何時能改了這習慣？」午憩袖下都按著刀，明知是他來，那刀也不收起來。

暮青翻身坐起，問：「你叫的是人是馬？」

步惜歡好生瞧了暮青一會兒，正經八百地問：「午膳剛用不久？」

暮青柳刀般的眉微挑了挑，步惜歡眸中忽生笑意，道：「好大的醋味兒！還沒散呢。」

「那就散散。」暮青下了榻，窗一開，北風捎著窗臺的雪花呼一聲灌了進來，幾片雪花將要沾上她的髮，身後忽來一道舒風，送那風雪出了窗臺，順道將窗子闔了上。

步惜歡嘆了聲，將暮青從窗邊帶離，輕斥道：「涼，不是說了莫再吹著寒風？」

他順手拈了暮青的脈腕，眉心輕蹙，嘆道：「西北冬寒，盛京亦寒，過些日子回京，給妳的氅衣路上要穿著。」

前些日子邊關入冬，他給了她件紫貂大氅，那氅衣他也賜了元修和顧乾，只為了她穿時莫有顧慮，但她沒穿。今早她吹的那一陣兒風雪時辰尚短，回朝路上千里行軍，夜裡冷，她不穿著可不成。

「你知道朝中有議和的旨意會來？」

「瞧出來了？」步惜歡牽著暮青的手將她帶回榻上，笑問：「說來聽聽。」

「三事。一將自己摘了出去，二將矛頭指向朝中元家，三動搖了軍中將士對你的印象。前兩事目的達到了，可謂成功，後一事我認為不會太有效。所謂冰凍三尺非一日之寒，軍中對你誤會已久，只憑這一事恐難有太大改觀。況且西北軍乃元修一手建立，生死手足之情絕非一計可離間……」

暮青忽然一頓，眸中忽起慧光，「你不是衝著西北軍去的，你的目的是新軍？」

步惜歡深笑，由衷讚嘆：「聰明！」

元修恐怕都看不出來。

「為何？」

今日來馬場的將領絕大多數是西北軍的老人，他們與元修同生共死多年，即便對元家心生不滿，也絕不會遷怒元修。但新軍就未必了，他們剛到西北，與元修的情誼尚不深厚。步惜歡不會做無用之事，他的目的很可能是新軍。可新軍五萬，即便對元修生了二心，也動搖不了西北軍的根基，步惜歡如此做，用意何在？

「為妳。」

暮青愣住。

「上來坐著，慢慢說與妳聽。」步惜歡讓暮青上榻去坐了，暖被拿來蓋了膝，這才道：「妳可知朝中為何在江南徵兵發往西北？」

「不知。」江南兒郎不擅馬戰，按說西北徵兵不該來江南，朝廷此舉必有深意，只是她對天下事從不關心，一時猜不出。

「朝中意在江南。這些年元黨遍布江北，卻一直搆不到江南，因江南水軍都督何善其的胞妹是當年先帝爺的德妃，與太皇太后在宮中有過幾番死鬥，後死於太皇太后之手。何家與元家因此結下世仇，何善其領著二十萬水軍橫據江南，江北諸軍不擅水戰，多年來元黨一直無法手握江南大權。這回五胡結盟，邊關起了戰事，朝中便藉此機會在江南徵兵，意在建一支水師。」

「新軍剛到西北，不擅馬戰，操練時日尚短，又缺臨陣經驗，難以與胡人一戰。元修帶兵如子，必不願新兵去關外送死，新軍到了西北後，他定以練兵為主。知子莫若父，元家便是知道元修會如此行事，才將江南新兵歸入西北軍麾下，他日立水師，這支水師便是元家嫡系。」

步惜歡起身下榻負手窗邊，道：「此次班師回朝，邊防不可懈怠，西北軍老軍戍邊年久，朝中定會下旨將老軍留在邊關，命元修領新軍還朝。一旦新軍到了盛京，水師之事便會有人上奏。元家之心想必妳心中有數，他們意在大興江山，建立水師勢在必行。」

「你想讓我領水師？」

「新軍是妳一路保下來的，沒有妳他們沒命到邊關，妳對他們的恩情重於元修，水師將領捨妳其誰？」

暮青確實對新軍有想法，中郎將在軍中實屬末職，五品武將在天子腳下的盛京不過是芝麻綠豆大的官兒，不值一提。

京中士族門閥勢大，她唯有軍權可倚仗，而她如今能倚仗之軍唯有這五萬新軍。

步惜歡笑意濃了些，道：「新軍一日冠著西北軍之名，主帥便是元修，他們再敬仰妳，心中也將元修當作主帥。心有二主之軍不可率，他們需與元修離了心，才可一心跟隨妳。」

「你何必如此做？我對新軍早就有意，若知朝中之意，我自會籌謀，何需你來？」暮青心情有些複雜。

步惜歡深看暮青一眼，目光落在她的手上，淡道：「妳的手是驗死驗傷平世間之冤的，不是用來做這些的，這些我來便可。」

他知道她為報父仇不懼爾虞我詐，可他不想。當初在汴河，他曾說世間路難行，想看她如何走，到頭來卻是他看不得她為那些事髒了手。

除此之外，他尚有私心，不願她因新軍離心之事對元修心懷愧疚，她籌謀此事倒不如他來做。

窗外雪色籠著男子，人分明在窗前，卻似立在天光裡，背影虛虛實實，如見青雲高闊。

那青雲入了暮青的眼，讓她莫名想起江南家裡那一間小院兒屋上的青瓦，逢那雨天，望那瓦上青空，總覺得高遠明淨。

她曾覺得爹是那屋上的青瓦，擋風遮雨，從未想過有一日立在青空下，頭頂不見了那遮風擋雨的屋簷，亦可不被風雨摧打。

「我的手上早已沾了不知多少人命，我不懼，只懼勢單力孤，護不得珍視之人，有一日會再像我爹那般……」

步惜歡轉身，笑問：「妳說的珍視之人是誰？」

暮青伸手把帳簾刷地一放，翻身躺下！

帳外傳來男子的低笑聲，那笑聲低低悠長，若一池春水，漾得人心裡發癢。

「青青。」笑罷，步惜歡望著那放下的帳簾兒，問：「盛京已腐朽，士族門閥奢侈淫逸之重甚於天災，妳不會喜歡，真願前往？」

帳中無聲，許久後聽一道清音傳來，堅執未改，一如西北從軍那日——

「不懼千難萬險。」

朝中主持議和的文官三日後到了西北，元修不見，議和的文官們便只能以李本為首，與五胡談和。

大雪封關，議和使團一直等了七、八日，待雪停了才出關上了大漠。好在元修尚且顧念議和使團皆是大興的子民，讓趙良義領萬軍跟著去了草原。

大興要議和，五胡部族也覺得不可思議，但良機難覓，五胡勢弱，正擔憂來年春日雪化後西北邊關的虎狼之師，大興這時提出休戰真是天鷹大神顯靈，保佑部族不滅。

但既然要休戰議和，該談的條件還是要談。

這一談便又是七、八日，元修召集了軍中將領，言明西北軍絕不議和，但朝中議和之意已決，他決定奉詔回京，一為軍中有功將士請功，二親自進諫勸阻議和之事。

將士們對他的話自無懷疑，只是要班師回朝，邊防不可懈怠，最後定了只帶新軍還朝。

軍中商議妥當後，前往草原議和的使團也回來了，有一事談妥了——五胡各派一名王子入京為質，至於換取的利益尚需入京再談。

五胡各自派人組成議和使團，跟隨西北軍以及朝中人一道前往盛京。

元修十年未曾歸京，此番奉詔回朝，聖駕也一起啟程，軍中準備頗多，一直到了十二月，大軍才準備妥當。

十二月初八，元修率西北新軍護衛聖駕及兩國使節團回朝！

這一回朝，天下風起，此刻卻無人知。只知這日雪花飄飄，西北二十五萬軍登關，目送回朝之師浩浩蕩蕩行出了關城。

第三章

無頭雪人

越州，奉縣。

奉縣是江北小縣，驛館已舊，客棧只有三家，數日前便清客灑掃了出來。驛館安置了五胡議和使團，聖駕歇在城中最大的客來居，議和欽差和西北軍將領分別住在另兩家客棧，隨行的五萬大軍駐紮在城外。

暮青歇在客棧二樓甲字間，前腳剛進屋，大堂裡便走進一人來。

那人披一身墨色大氅，未束冠，烏髮以寶珠彩絡編著，左耳戴環，眸深如淵，左臉有疤，腰間掛一把精緻的彎刀。

呼延昊。

大興與五胡議和，胡人各部族皆派王軍勇士帶質子入京，偏偏狄部不同，呼延昊親自帶著三歲的小王孫呼延查烈來了。

呼延昊稱王不久，根基不穩，此時竟敢拋下部族前往盛京，旁人看他是膽大狂妄，暮青卻深知他狡詐如狼，如此行事必有所圖。只是這一路尚未瞧出他所圖何事，只瞧見他每到入城歇息時，必來客棧打擾她。

今日也是不巧，客棧小，親兵只能帶一人，暮青便只帶了月殺進城。客棧裡沒馬廄，進了城月殺便牽著戰馬去了縣衙，如今尚未回來，屋裡只有暮青一人。

暮青見呼延昊上來，起身便往外走，呼延昊卻攔了她的去路，笑道：「本王想好好瞧瞧妳。」

暮青冷冷望著呼延昊，他與前些日子見時已大有不同，髮辮編了寶珠，左耳戴了鷹環，那環雕著天鷹，乃狄王的象徵，形同他左手上戴著的鷹符。

士別三日當刮目相看，她與呼延昊地宮圓殿一別近兩月，他已不再是女奴所生、受眾兄弟侮辱輕看的狄三王子，而是狄部的王，尊貴，狂妄，睥睨一切。

呼延昊也看著暮青，地宮匆匆別過，部族中事、神甲之事、勒丹王聯合其餘三部來攻、西北軍趁機劫殺之事，這兩個月忙得他難以分身，卻從未忘記那地宮裡的一別。

他還記得在地宮裡與她一同經歷的事，還記得圓殿青銅臺上意外的一摸，還記得那掌下的手感，記得那日匆匆出殿未曾來得及一見的真顏。

「把那醜臉摘了，給本王瞧瞧妳到底長什麼模樣。」

暮青冷然一笑，解剖刀翻在手心，刀鋒一指呼延昊，道：「狄王可以試試看。」

呼延昊一笑，逼近前來，「好，那本王就試試看。」

「那就小心，別驚了客棧裡的其他西北軍將領。」暮青冷道，刀刺如風，直逼呼延昊喉嚨！

殺機！

呼延昊面色頓沉，往後一仰，反手去握暮青的手腕，道：「那妳也要小心，若真驚了其他人，本王便將妳的身分昭告天下，就說來妳屋裡是要睡了妳的。」

暮青暗怒，出招卻未亂，手腕一翻藉著燈燭之光反手一晃，呼延昊眼瞇起時，她倏地將刺向他咽喉的手撤回，腳往身後一踹，房門頓開！

呼延昊睜眼之時，暮青已出了房門，大搖大擺下了樓去。

呼延昊這才意識到又被她耍了，方才的殺招不過是逼他後退之計，她好趁機開門下樓。

這時，忽聽大堂外有宮人長聲報道：「聖上駕到——」

簾子一打，元修陪著步惜歡走了進來，見呼延昊立在二樓門口，元修面色頓沉，道：「狄王真是一頓也不肯缺。」

自出了關城，呼延昊日日來尋暮青，客棧外本有他的親兵隊伍守著，但議和期間，他的親兵們不便與胡人起衝突，只能由著呼延昊。暮青這幾日晚上都是在大堂用飯，他見呼延昊與她同桌有些刺眼，便日日陪著，後來聖上不知從何處得知此事，也來同桌用膳，理由冠冕堂皇——君臣同樂。

一路才行了五日，四人同桌用膳便成了約定俗成之事。

呼延昊道：「本王對大興的飯菜不感興趣，只是想陪英睿將軍罷了。」此話頗含曖昧之意，步惜歡笑著瞧暮青一眼，暮青留給還在樓上的呼延昊一個圓乎乎的後腦杓，冷然道：「抱歉，我對變態不感興趣。」

步惜歡搖頭失笑，她的嘴向來毒，只要不是毒他，毒誰他都覺得甚為歡喜。

越州人喜食醬味，飯菜擺上桌後，雞鴨魚鮮皆色澤紅潤油亮，客棧外大雪紛飛，大堂裡烘著火炭，四人圍坐，人美菜美，唯獨氣氛不美。

呼延昊就是那個破壞氣氛的人，他卻渾不在意，解了腰間酒袋來仰頭喝了口，道：「還是草原的酒好，中原的酒淡如馬尿。」

他惡意一笑，步惜歡和元修卻充耳不聞，暮青也自顧吃飯，呼延昊覺得無趣，這五日他想盡辦法與她說話，她總是態度冷淡疏離，他就沒見過這般話少的女人。

想到此處，呼延昊心中忽動。

她也不是話少，只是遇見案子時才話多。

呼延昊忽然笑了，問暮青道：「對了，在地宮圓殿裡，妳到底是如何知道出口是水門的？」

她說過八柱臺石雕的故事，解開了暹蘭古國消失之謎，揭開了五胡部族乃暹蘭大帝後人的驚世之祕，卻未曾說過憑何斷定出口是水門的。

地宮機關，黃金神甲，那些屬於暹蘭大帝陵寢的經歷不過兩月有餘便已隨風，如同那千年古國的傳說般變得久遠而不真實。

但暮青記得清楚，只是不想理呼延昊。

她不想答，卻看見步惜歡輕輕挑起的眉頭。

地宮中事皆是月殺告知他的，出流沙、破機關、尋出路，那時聽得他心驚，此時她好好地坐在面前，再聽聞地宮中事想來會品出一番精采來。

元修也放下碗筷看向暮青，當日圓殿中事，他也有些不明之處。

暮青看了兩人一眼，道：「暹蘭大帝觀天象得知塔瑪河水要乾，他提前帶領百姓遷徙避難，那時河水定然未乾。暹蘭古國在大漠深處，百姓一路遷徙，無水不成，他們定會沿著塔瑪河尋找新的家園。後來他們來到了烏爾庫勒草原，見到了桑卓神湖，發現了窟達暗河，這條暗河一定離塔瑪河不遠，暹蘭大帝在桑卓神湖百里外建造陵寢，我猜塔瑪河應該就在那裡了。草原部族各有信仰的神靈，唯獨桑卓神湖是他們共同的信仰，可見草原人對水源的崇拜。大漠裡更依賴水源，暹蘭人對水的崇拜應該更甚，塔瑪河是暹蘭古國建國之本，對暹蘭大帝意義非凡，他將陵寢建在塔瑪河附近，應有永伴神河之意。圓殿的出路在水門，一因塔瑪河水歷經千年必已乾涸，二因暹蘭大帝建此地宮意為挑選繼承者，入圓殿者大智大勇已具，尚缺一樣，那便是繼承他的意志。他的意志便是對神河水的崇拜，所以我猜出路一定在水門。」

一席話盡，四面無聲。

呼延昊提著羊皮酒袋，酒袋口忘了塞上，烈酒醇香乍一聞衝鼻上腦，再一品醇厚悠長，餘香回味不絕。

上癮，似她。

這般才智果然適合做他的王后，就是不知姿色如何。

步惜歡低頭品菜，脣角噙一抹不出所料的笑意。

嗯，就知道精采。

唯獨元修未動，眸中含著讚嘆意，嘴上繼續問道：「那日狄王先出了殿去，我等在後頭耽擱了些時辰才一同出殿，剛一出去殿門便關了，我總覺得此事並非巧合，妳覺得呢？」

那日暮青在圓殿撞了額角，暈了之後便不知後事了，今日聽元修說起才知道一些事，想了片刻道：「我那時未醒，只聽你這麼說未必能推斷準確，只能推測青銅臺上有機關，若有人在上面，殿門便不會關，一旦人都走了，門便會關上。但這只是推測，地宮已封，真相如何大抵要永埋地宮了。」

元修點點頭，世間事是無法都弄清楚的，知道真相的或許只有暹蘭大帝了。

兩事說罷，暮青便又沉默了下來，只低頭吃飯。

一頓難受的飯吃完，步惜歡免了元修的護送之事。呼延昊見今夜再無機會與暮青獨處，便也出了客棧，客棧外一隊王軍披裘衣戴雪帽，一頓飯的時辰便成了雪人，見呼延昊出來，肩頭的雪一抖便跟著他往驛館而去。

月隱雲後，夜色黑沉，雪下得正大，長街上早沒了人，呼延昊的人出來時也未提燈籠，就這麼摸黑在長街上行遠。

待風雪遮了一行人的身影，客棧外屋簷下立著的西北軍裡有一人呸了一口。

一口唾沫砸出個雪窟窿，那人恨恨道：「胡人崽子！殺我將士，擾我百姓，現在還大搖大擺住上我大興國的驛館了。」

旁邊一人道：「待大將軍回了朝中，把議和的事攪黃了，咱們照樣殺胡人！」

「對！殺！」那人惡狠狠道：「不但這些胡人該殺，朝中那些主和的狗官也該殺！俺們村有個族規，長舌婦亂嚼舌根子的就把舌頭割了，把嘴縫起來！那些翻翻嘴皮子就想跟胡人議和的狗官，俺看著也該這麼辦！」

朝中主和的是元相國，大將軍之父，割舌縫嘴之刑也就是說者過過嘴癮，聽者聽聽罷了，那聽的人沒再接話，屋簷下沉默了下來。

北風呼嘯，大雪不絕，這夜奉縣下了一夜的雪，天將明時才停，奉縣知縣命衙役上街掃雪，連城中幾個富戶府中的小廝都差去街上，命務必在晌午前將路清好，莫要耽誤聖駕離開。

但天剛亮，雪尚未清好，福順客棧的小二便奔了出來，在長街上一路驚嚎，邊嚎邊指著客棧的方向，面色驚恐，說不出話。

福順客棧裡昨晚住著的是朝中議和大員，街上掃雪的捕快一看福順客棧出了事頓覺不妙，剛要進去查看，裡面便衝出來一隊鐵甲護衛，分兩路奔往聖駕歇著的客來居和西北軍歇著的永德客棧。

馳報——

泰和殿大學士李本，昨夜遇刺！

元修以為奉縣進了刺客，一邊派人去客來居詢問聖駕安危，一邊隨護衛到了福順客棧，一看之下，沉著臉回來，敲開了暮青的房門。

「怎這時才叫我？」暮青早飯用到一半，元修來敲門才知出了事。

「以為只是刺客。」元修眉心緊鎖，疏朗的眉宇染了陰霾。

議和之事天下皆知，李本是朝中議和使團的欽差大臣，他聽聞李本遇刺，起初以為是有心懷不滿的人混入奉縣，夜裡趁機行了刺殺之事。昨夜下了一夜的雪，今早城門未開，刺客定然還在城中，要追捕刺客只需在城中挨家挨戶搜查便可。朝中死了二品大員，事雖大，但刺客好查，用不著暮青出馬，但沒想到……

「如今呢？」暮青披了大氅便出了房門。

元修一副不好說的模樣，只道：「妳去看了就知道。」

福順客棧。

暮青到時，步惜歡坐在正中的桌旁品茶，左側聚著朝中議和的文官們，右側跪著奉縣知縣、縣丞和主簿等人，人人面色驚惶。

二樓甲字間的房門開著，門外兩旁站在鐵甲護衛。

暮青皺眉道：「血腥味好濃，人死在房裡？」

「鼻子真好使。」步惜歡揶揄一句，「朕聞愛卿斷案素來有一手，那便上去瞧瞧吧。」

這是變著法的免了暮青的君臣之禮。

暮青上樓進屋，屋裡布置簡單，一榻一桌一屏風，擺設卻透著詭異。

帳簾扯了半幅下來鋪在桌上，桌正中擺著顆人頭，兩眼睜著，嘴脣被縫，血染紅了下巴。人頭兩旁擺著兩只茶碗，一碗裡滿著茶水，一碗裡放著一條舌頭。

桌上情形頗似供案，桌後的窗關著，兩旁掛著的字畫被翻過來掛在了牆上，蘸血寫著兩排正楷大字——賣國奸佞人人得誅！祭西北將士英魂！

那人頭是李本的，但屋裡只有他的人頭，並未見到屍體。

榻旁帳上有噴濺血，桌後地上有大攤的血泊，屋裡沒有亂七八糟的血腳印，只在窗臺下的牆上有半個擦滑下來的血腳印。

暮青將窗打開往下一看，見窗後便是福順客棧的後院，後院角落裡種著棵老樹，枝頭落著厚厚的雪，樹下有個雪人。

那雪人白胖，半人高，無頭，面向西北跪伏在地，像只矮山包。

樹前皆是腳印，想來是早晨有人上前察看，碰落了雪人胳膊上的雪，露出了一截絳紅二品官袍，這才知道裡頭有屍，沒再敢細看。

暮青出了屋，往後院而去。

後院樹下，屍體已經冰凍。暮青清理出屍體上的雪，見屍體軀幹和四肢已完全凍硬，朝西北呈跪伏姿態，腔子裡的血凍成了冰渣，身上穿著是二品大學士的官袍，官袍後背處的錦緞磨破了。

後院不大，下人房、廚房和柴房都在這院子裡，暮青從柴房裡提出把小鏟來，來到二樓窗下慢慢地清理地面上的雪。

昨晚下了一夜雪，牆根下兩指多厚，險些沒了短靴，暮青蹲在窗下一層一層將雪鏟開，在地面和地面上方的雪層裡發現了大攤血跡。她抬頭看了眼樹下跪著的無頭雪屍，自窗下到樹下開始清理了起來。

一刻的時辰，一條移屍的道路顯現了出來。

「來人！」暮青喚了聲。

兩名捕快應聲進了後院，見到後院的情形皆停住腳步。只見窗下有一大攤血跡，一路拖往樹下，血痕清晰可見，樹下雪屍已見真容，身穿官袍跪向西北，沒有頭顱。

元修跟在後頭進來，暮青見捕快呆愣便直接將小鏟遞給元修，吩咐道：「柴房裡有梯子，搬到窗下，別踩到這條路。」

元修很自然地接了過來，縱身一躍便到了柴房門口，進去將梯子提了出來，依暮青所言搭去了二樓窗戶口。倆捕快看得瞠目結舌，沒見過堂堂一品大將軍給個五品小將當下人使喚的。

暮青從梯子背面往上爬，細細查看牆上，房體上刷著紅漆，要找血跡需費些眼力，但客棧已舊，房體年久有些脫漆，暮青一寸一寸地細辨，還真找到了幾處飛濺的血跡。

「進大堂吧。」暮青下了梯子對元修道，兩人走到大堂門口，暮青才回身朝那倆捕快道：「把樹下的屍體搬進來，屍體已經凍硬了，不要試圖掰開腿腳，就這麼抬進來吧。還有，別踩到移屍的路。」

這時，一名御林衛進來道：「啟奏陛下，狄王請見！」

步惜歡淡道：「看熱鬧的倒是來得快。」

元修道：「陛下，當初在青州山，狄王殺我三名新軍，手段殘忍，李大人一案凶手手法一樣殘忍，不如讓狄王進來一見。」

「嗯。」步惜歡懶散應了聲，放了茶盞，「宣吧。」

那御林衛領旨出去，呼延昊大步進來，跟步惜歡打了聲招呼便坐了下來。

兩名衙役很快將屍體搬了進來，屍體凍得硬邦邦的，仍呈跪姿。暮青命人將屍體抬來大堂中間，那血淋淋的腔子讓屋裡朝官們臉色一白，轉身便想吐，卻生生忍了住。

暮青上樓把李本的人頭、兩只盛著茶水和舌頭的茶盞以及兩幅血字拿了下來。

樓下清出張桌子，暮青將東西擺了上去，隨後便語如連珠——

「死者頭顱被斬，身首異處，身體部分堆成雪人，置於後院樹下。冰雪中的屍體半個時辰便可冷卻，時辰稍久便可冰凍，死亡時間只能根據頭顱推斷。死者眼內角膜已出現白色小點，昨夜屋裡生著火炭，方才我進屋時火炭尚有些未燃盡，以屋裡的溫度結合死者角膜混濁的情況，人至少死了三個時辰，也就是夜裡丑時。」

「人死之後，凶手將頭顱割下，屍體從後窗拋下扔到了後院，這點有房屋牆上飛濺的血跡和埋在雪下大攤的血跡可以證明。我將雪層都清理了出來，在窗下大攤血跡遠處的雪中有飛濺血跡，考慮到當時人剛死，血尚溫熱，濺出時雪的融化程度和血跡所處的雪層與地面之間的高度，以及昨夜的雪情，也可以側面推斷出死者的死亡時間在丑時左右。」

「昨夜陛下和狄王到永德客棧用膳，走時雪下了大半寸厚，那時已是戌時。考慮到這一夜的雪時急時緩和風向情況，丑時窗下的雪有多厚，已大致可以推測。將此三事結合推斷，死者的死亡時間不會有太大偏差。」

只是死亡時間的推測，暮青就以三事佐證。步惜歡端著已涼的茶，有些恍惚，彷彿見到數月前刺史府公房的院中，他也是這般坐在屋廊裡品茶，聽她驗屍斷案。那時不過半年前，如今再見此景，心已不同當日。

元修往後院瞧了眼，方才幫她搬梯，她囑咐他別踩那條血路，他還以為那是移屍路線的證據，如今看來是他想得太簡單，她連那些濺出的血所處的雪層都考慮到了，她不想他踩壞的其實是那些雪層，因為她要用來佐證李本被殺的時間！

呼延昊摸了摸下巴，興味地盯著暮青，昨晚他去客棧，走時雪下了多大她都有留意？

三人各含心思，大堂裡一片寂靜，多數人聽得暈暈乎乎。

暮青捧起人頭往腔子上對了對，道：「死者頸側有一明顯的孔狀創口，近似尖銳的三角形。沿著這個三角形的創口，一直到喉前，創緣是平整的。但再往後繞，皮肉便有暴力拉扯剝落的痕跡。這說明凶器呈半弧形……」

「彎刀？」元修面色一沉，目光如劍，看向呼延昊。

朝官們皆驚，呼延昊不屑冷哼道：「本王對堆雪人沒興趣。」

「不是彎刀，彎刀呈半月形，此刀沒有那麼彎，只是稍帶弧形，且其前端有近似三角形的尖銳，這個特徵彎刀不具備。此凶器有些特別，我能想到的只有一種——柴刀！」暮青道。

「柴刀？」

「嗯，百姓家砍柴的柴刀。」

柴刀在奉縣家家戶戶都有！

「從頸部創口看，凶手是一刀將死者脖子砍斷了一半。死者髮髻凌亂，有抓扯痕跡，根據另半邊脖子暴力拉扯的情況來看，當時凶手在一刀將死者殺死後，是一手提著死者的髮髻，一手用柴刀暴力將頭顱割下。李大人身長五尺，中等身形，凶手有將其一手提起的氣力，可謂身強力壯。」暮青道。

大堂裡無人出聲，朝官們不敢看李本的頭顱，但彷彿能想像得到昨夜凶手殺人割頭時的血腥場景。

凶器已明，暮青抱著人頭放回桌上，道：「拿鑷子、皂角、鹽、溫水、帕子來。」

有人依言去辦了，東西取來後，暮青拿鑷子將人頭嘴上縫著的線給拆了下來，那線已被血染透，血早乾了，線發了黑。

暮青用帕子沾著溫水將李本嘴上的血擦乾淨，細細看了看那針孔，又將鹽倒進溫水裡，將那根縫嘴的線浸了進去，片刻後撈出來一洗，見血漬淡了些，又拿皂角洗了洗，這才見那根線乾淨了些。

「此線為麻線，較尋常百姓縫衣的線粗硬，死者嘴上的針孔也比繡花針粗，是做粗使活計用的，比如穿製蓑衣或者縫補草鞋。」

說罷，暮青又走去那兩幅血字前，念道：「賣國奸佞人人得誅，祭西北將士英魂！兇手不太聰明，留下的這幅字出賣了他的出身、經歷和行凶動機。」

眾人聞言齊看那兩幅血字，皆露出不可置信之色。

「第一，凶手識字，但文采不高，這兩幅字對仗並不工整。第二，凶手文采不高，字卻是正楷，字跡飽實工整，此二者說明凶手是讀過書且正經地練過字的，但他讀書的時日不長。他是庶族子弟的可能性很大，且家中原先有些積蓄，可供他讀私塾或請先生，但後來家中生變抑或者其他原因導致他沒有再讀書。第三，這兩幅血字皆是下筆頗重，收筆有揮灑之勢，說明凶手寫下此書時帶有強烈的激憤情緒。即是說，他確實厭惡議和之事，行凶動機就是除奸佞以祭西北軍陣亡將士的英魂。」

「除了這些，還有一樣東西無法拿下來，在樓上房間裡。」

「何物？」元修問。

「跟我來。」暮青徑直上了樓去。

步惜歡懶在椅子裡沒動，只抬頭往樓上看，見元修跟了上去，呼延昊也好奇起身上了樓。

三人站在房門口，正對著窗，窗臺下半個血腳印清晰可見，元修一見那腳印，臉色頓時沉了。

「這只鞋印可見清晰的雪花紋，乃軍中樣式——兇手穿的是軍靴。」暮青道。

軍中服制戰靴皆有特定式樣，如同軍中戰馬的蹄鐵，各軍有其特殊的印花，西北軍中的軍靴底子也有特殊的式樣，即雪花靴。依朝律，戰馬蹄鐵和軍袍軍靴民間皆不可仿製，否則罪同私立軍馬，按律要以謀逆罪論處。

「妳的意思是，兇手是西北軍中的人？」元修盯著那血腳印，面色冷沉。

昨夜進城的西北軍只有他帶的親兵多，其餘將領只每人帶了一名親兵，人數不多，要查也好查，但他不願相信兇手是自己人，「兇器和針線可在城中拿到，軍靴可以趁夜偷得，兇手未必是軍中將士。」

「不。」暮青搖了搖頭，「這雙軍靴可偷不到。」
元修心頭一沉，「何意？」
暮青一指那血腳印，道：「這雙軍靴只有腳趾處看得見雪花紋，前腳掌處卻看不見，說明靴底磨損頗重。大將軍不覺得很不正常？眼下剛入冬不足兩個月，軍中的冬靴新發下不久，怎會有鞋底磨損如此重的軍靴？昨夜進城的將領帶的皆是身邊的親兵長，大將軍帶的親兵雖多，但都是精軍，這一路皆騎馬而行，靴底不該磨損如此重才是。」
「這是雙舊靴？」元修一語道破玄機。
兇手深夜潛入泰和殿大學士李本的屋裡，殺人割頭，雪中藏屍，帶著的是百姓家用的柴刀和粗針麻線，卻穿著雙西北軍的舊靴？
這可真是耐人尋味。
這雙西北軍的舊靴是從哪裡來的？
「妳對兇手有何看法？」元修問。
暮青沒答，轉身下樓，邊走邊道：「先讓我把疑點審明白再說。」
此案線索多，疑點也多。
柴刀、針線、血字、舊軍靴皆是兇手留下的線索，現在線索已明，她要審審疑點。

暮青來到人頭桌旁，問：「朝中議和使團的護衛長何在？」

「本將在此，不知英睿將軍有何事問？」一名青年將領走出來，白面粉唇，一身嬌貴公子氣。

朝中議和使團到邊關，護衛軍隸屬龍武衛，乃京中直屬，分左右兩衛戍衛盛京。京中繁華安逸已久，軍中將領多是士族公子，暮青一見此人，心中疑惑便明瞭些，但該問的還是要問。

「昨夜丑時，你在何處？」

「歇息。」那青年將領攏著袖，明知聖駕在此，這般怠忽職守之事竟依舊敢答，輕慢之態令暮青皺眉。

步惜歡早擱了茶盞，歪在椅子裡看戲，金盆炭絲銀紅，他漫不經心伸手烤火，似沒聽見這話。

元修沉聲斥道：「朝中命你季延為議和使團護衛長，你夜裡不思值守之事，竟去歇息？如此何必出京，留在京中過你那鎮國公府小公爺的舒坦日子就是！」

「紀嚴？軍紀嚴明，名字是不錯，只是這般視軍紀為兒戲，不如改叫紀鬆。」

暮青毫不驚訝，聖駕在此，怠忽職守還敢說得這般輕巧的人，必定家世不俗。

嬌慣得緊。

「咳！」元修咳了聲，季延是他兒時玩伴，多年未見。鎮國公府一脈單傳，

季延鬧了個紅臉，道：「伯仲叔季之季！綿延後嗣之延！」

暮青冷然一笑，「如此不成人，何談後嗣？」

「你！」季延自小嬌慣，從未被人苛責過，乍一聞此話氣得指著暮青，指尖直顫，顫了幾顫，忽一拔腰間佩劍，「小爺宰了你！」

長劍龍吟，嗚音盤旋，直衝屋梁，劍光賽雪寒人眼。

「你想宰誰！」元修一按季延的肩，那劍便落了地。

「元大哥你別攔我，我要跟這小子決鬥！」季延直往前鑽。

呼延昊冷笑一聲：「不知死活。」

那女人母狼似的，草原那夜不知殺了多少狄部勇士，連他都在她手上吃過數次虧，就憑那劍都握不穩的三腳貓功夫，跟她決鬥？簡直不知死活！

季延腦門青筋直跳，「此乃我大興人之間的事，與狄王何干？」

呼延昊一笑，目光狠嗜，牙齒森白，「很快就會與本王有關了。」

此話似有深意，季延只以為他說的是兩國議和之事，懶得與他辯，回頭看向暮青，不依不饒。

「季延。」這時，步惜歡懶散地開了口，他沒抬頭，只專心烤著火，炭絲銀紅，將男子清俊修長的手指鍍一層暖粉，那手指卻在翻覆時隱有明光奪人，「你也老大不小了，鎮國公府一脈單傳，指著你光耀門楣，你這不知輕重的性子也該收收了，別成日跟個孩子似的，論穩重還不如你那小妹。」

季延輕忽值守，有錯在先，又君前失儀，挑釁有功之臣在後，步惜歡卻一句未提，所言頗似君臣之間談聊家常，卻叫季延一下變了臉色，一改輕慢之態，跪道：「陛下說的是，臣知錯！」

「嗯。」步惜歡淡淡應了聲，不知喜怒。

「臣輕忽值守，甘願領罰！」季延又道。

「既如此，你這議和使團護衛長之職且先領著，回朝後那左龍武衛衛將軍之職就暫卸了，在家中思過，養養性子再說吧。」步惜歡就著火盆搓了搓手，漫不經心道。

季延眉頭暗皺，但想起小妹之事，咬牙道：「臣……遵旨謝恩！」

「起吧。」步惜歡意態微倦，不再提此事，「你既對李本有愧，凶手之事理當盡些心，英睿問，你便答，早些叫凶手伏法才好。」

「是。」季延低頭起身，將劍拾起入了鞘。

一場鬧劇就這麼過去了，元修深看了步惜歡一眼。

鎮國公府一脈單傳，季延有個小妹，愛護如命，他出京時才五歲，今年剛及笄。聖上當年虐殺宮妃之事天下皆知，今日當著季延的面提起他小妹來，季延怎會不憂？京中只怕沒人願將女兒送入宮中。

聖上這番話看似是君臣之間閒聊家常，實則捏了季延的命門痛處。季延年少時便紈褲輕狂，能叫他聽一言便變色，聖上也是好手段！

三兩句話，不僅讓季延不敢再鬧，還順道卸了季延之職。左龍武衛的衛將軍是何職？戍衛京畿的肥差，盛京不知多少人盯著，此職一空，可想而知回朝後，京中那些門閥世家會因爭搶此職生出多少亂子來。

元修心中凜然，在邊關時他便見識了聖上三言兩語撥動乾坤之能，此人絕非等閒之輩，家中欲謀天下江山，他怎會坐以待斃拱手相讓？

他此次回朝有心要勸一勸家裡，但家中若罷手，聖上是否會放過元家？若不罷手，他又該如何做？

元修心中一團亂麻，暮青聲音傳來才將他的思緒拉了回來。

暮青問道：「昨夜丑時，值守客棧後院的是哪些人？」

季延挑簾出了大堂，片刻後帶了十人進來，道：「這些人就是。」

暮青道：「抬起頭來。」

那十人不敢有違，抬頭時人人眼神閃躲。

暮青將這些護衛的神態看在眼裡，問：「昨夜丑時，你們在後院？」

那十人支支吾吾，半晌才有人點頭，「在、在……」

這些人方才在外頭，並未聽見暮青對李本死亡時間的推斷，這一答，大堂裡的人都知是在說謊。這客棧後院很小，李本被割頭後，屍身被從後窗拋到後院，這些護衛若當時在後院值守，為何沒看見？

「你們當時真在後院？不說實話小爺一劍挑了你們！」季延正有怒無處發洩，聽見手下人說謊，一怒之下便踹了那答話的護衛。

那挨了一腳的護衛捂著肚子，冷汗涔涔，支吾道：「呃，當時在換崗！」

「那你們換崗時可聽見了什麼聲音？」暮青問。

「沒有。」

「沒有？一個人就算割了頭去也有百來斤重，從二樓拋下，那麼大的聲響你們竟沒聽到？」

那護衛這才知道人是從後窗被拋下的，頓時臉色慘白，但還是不想承認，狡辯道：「許是昨夜風大！」

「嗯，我也覺得是風大。風大把你的腦子都吹成一團漿糊了，撒謊都如此拙劣。」

「……」

「就算風大，你們都沒聽見聲響，那你來告訴我，換一班崗要多少時辰？你知道兇手把人扔下來後，在後院幹了什麼事嗎？他把人從後窗拖到樹下，面朝西北擺成跪伏的姿勢，還堆了一個雪人。」

那護衛臉色煞白如紙。

「你們換崗的時辰真夠長的，還不打算說實話！」暮青厲喝一聲，轉頭對季延道：「我覺得這個時候，你的劍可以拔。」

季延刷一聲把劍拔了出來，這才反應過來竟聽了暮青的話，頓覺尷尬。

那護衛被驚著，哆哆嗦嗦說了實話：「將軍饒命！末將、末將們……見昨夜雪大天寒，便、便躲在客棧廚房裡喝酒，後來……後來喝醉睡著了。」

「什麼？」眾臣譁然。

暮青看了朝中議和官員們一眼，惡意道：「他是說了實話，但是沒都說。昨夜醉酒睡著了的恐怕不只他們，還有跟他們換崗的那些。不然屍體怎麼會在天明時分才被發現？」

了。

冬日夜寒，換崗多是一個時辰一崗。昨夜若真有人換崗，屍體早就被發現了。

朝官們瞠目互望，只覺後背冒起了一層冷汗。

昨天夜裡，客棧裡根本就無人值守？

昨夜凶手只殺了一人，真是他們命大！

「你們竟敢都去躲懶！說，這等躲懶之事幹了幾回？」季延顏面無光，劍擱在那護衛頸旁，怒問。

「沒有沒有，只這一回！將軍，這一路上兄弟們夜裡就沒睡過整覺，昨夜風雪太大，凍煞了人。兄弟們尋思著都到了越州地界了，御林衛在城中，元大將軍的親衛也在城中，城外還有五萬大軍呢，能出啥事？原本躲去廚房只是想烤烤火，後來見有些酒菜，就拿來填了肚子，哪知喝多了……」

暮青轉身便去了後院。

天明事發，小二奔出了客棧，護衛馳出報信，緊接著各路人就到了大堂，廚房裡的酒菜一定還沒來得及收拾！

元修一起進了廚房，見廚房的灶臺菜板上放著不少盤子，裡面除了雞鴨魚骨便是些剩菜湯底，酒壺都空了，酒罈子也滾了一地。他撈起只酒罈聞了聞，仰頭喝光了剩下的酒底兒。

他在軍中十年，想喝酒時喝的都是水，今日竟為了查出這凶手來，破了守了十年的軍規。

暮青見他將空酒罈丟去一邊，又從地上撈起一只，一罈接著一罈。恍惚間，她想起大將軍府，那屋頂亭中，那老樹下，男子抱著酒罈，大口喝水，那眉宇間的豪氣似乾坤朗朗，讓人想起塞外草原上乾淨清爽的風。

而此時，他提著酒罈，真喝上了酒，眉宇間卻蒙著陰霾，不見爽朗。

他是真不希望凶手是自己帶的兵吧？

暮青轉身撈起一只空酒壺，也將那底子倒進了口中。

元修扔了酒罈便握了她的手腕，眉頭皺得死緊，「妳不是不飲酒？」

「飲酒傷身，我不想驗屍時手抖，但一星半點的無妨，這不過是個壺底兒。」

暮青看了眼元修的手，元修這才後知後覺，慌忙將她的手放開，目光轉向一旁。

暮青趁機又撈了只酒壺，把那壺底兒也喝了，元修見了想阻止，幾回都沒再敢動手，眼睜睜看著她將那些酒壺都喝光了，聽她道：「回頭若領軍棍，大將軍把我的也領了吧，我對挨那皮肉之苦沒興趣。」

元修一愣，隨即失笑：「好！」

他應得爽快，眸中帶起柔色。他曾想過有一日不在邊關了，定要她陪他喝酒喝個痛快，可沒想到頭一回兩人喝酒竟是在這客棧廚房，喝這寒酸的酒底兒。但不知為何，方才那些罈中酒的苦澀入了喉，回味竟有些甘甜，心中陰霾漸淡，唯有掌心裡還存留著方才那一握的軟柔。

兩人喝過酒，在廚房裡等了一盞茶的時辰，元修才道：「看來沒有蒙汗藥。」

「嗯。」暮青點點頭，他們等的時辰夠久了。

蒙汗藥產於大興西南，乃曼陀羅所製，乃軍中麻醉用藥，凶手若是軍中之人，弄到此藥並不難。蒙汗藥一般要一盞茶的時辰才能見效，但他們喝的都是底子，若有藥在酒中，時經一夜必有沉澱，不用一盞茶的時辰就能見效，可是等了這麼久兩人依舊清醒，說明酒中沒有被下藥。

酒中無藥，菜中應該也無。蒙汗藥與酒是絕配，下在酒中，藥性與酒性相加，出門便倒，倒頭能睡。凶手若是下藥，酒菜都在，沒道理下菜不下酒。

但元修不想放過一切可能，他連盤子裡的剩菜底子都挨個兒嘗了嘗，結果依舊清醒無事。

「看地上酒罈子的數兒，無藥也足夠睡死不少人了。」暮青道，那些龍武衛的護衛昨夜恐怕把客棧裡的藏酒喝了大半。

「這麼說，凶手沒有下藥放倒客棧裡的護衛，是護衛們醉成了爛泥，給了凶手殺人的時機？」元修問，他總覺得這太巧。

「顯然太巧了。」暮青說著便出了廚房，往柴房去了。

元修跟進柴房，見柴禾堆上有兩把柴刀，暮青正拿起來看，他便問道：「這兩把裡可有凶器？」

「沒有，凶手用的柴刀前方的尖刃長有兩寸，角銳。這兩把都短，角鈍弧圓，與死者頸部創口不符。」這些柴刀都是鐵匠鋪裡打的，手工打製，每把都不同，是不是凶器只看與創口形狀吻不吻合便知道：「而且，還有一點，凶手一刀砍斷了死者的頸動脈，噴濺出來的血一定會濺到刀柄上，這兩把的刀柄都很乾淨，所以不是凶器。」

「可以回大堂了。」

大堂裡一群人等著，暮青回去便問門口跪著的護衛道：「你們昨夜是自己去廚房裡找的酒，還是有誰慫恿你們去喝的？」

那護衛支支吾吾。

暮青眸光頓寒，道：「不要以為說有人慫恿就可以脫罪，口供作偽，罪加一等！」

「自己去的！」

「你們何時到廚房裡飲酒的？」

「三更天，子時前後。」

暮青頷首道：「帶他們下去，傳店家來。」

季延在門口提著劍，聽也不是，不聽也不是，一隊御林衛便進來將人帶了下去。

店家進來哆哆嗦嗦問了聖安，便跪在地上聽暮青問話。

暮青問：「客棧裡可有柴刀？」

那店家不是龍武衛的兵油子，御前回話，哪敢說瞎話？當即便回道：「有，在柴房裡。」

「幾把？」

「兩把！」

「這客棧後院住的都是小廝？可有家眷？屋中可有粗針麻線？」

「粗針麻線？」那店家想了會兒，搖搖頭，「小的在城中有屋，家眷不住客棧，客棧後院只住著三個小廝，一個跑堂的，兩個幹雜活兒的，都是少年郎，不會使針線。」

「廚子呢？」

「哦，廚子是個廚娘，家中一兒兩女，不住客棧。昨日來了只在廚房打下手，知縣大人請了咱越州的名廚做的菜。」

「你這客棧昨夜住進了這許多人，人手定然不足，可有請幫工？」

「未請。小的前些日子聽聞諸位大人要來時，本想請幫工，可知縣大人說臨時請的人不知根柢兒，怕出亂子，小的便打消了這念頭。昨夜有縣衙公差來幫了會兒忙，小的又將家眷喊來，倒也忙過來了。」

「昨日店裡有無送肉的、送菜的、送酒的或是送柴的？」

「有！柴禾是早就備下的，但肉菜和酒都是叫人新送來的，知縣大人說了，要最新鮮的肉菜和新打的酒。小的早幾日就問過廚子，列了單子出來，與城中肉鋪和農戶說好了，到了日子就送來。」

「你那些酒放在廚房裡，此事都有誰知道？」

「客棧裡的都知道。」

「衙門裡來幫忙的公差可知道？」

「知道，那些官爺們是在幫忙的，小的就將何物放在何處都說了。再說……幫忙上菜，廚房裡進進出出，酒罈子就擺在地上，也瞧得見。」

暮青點了點頭，讓店家下去了。

「英睿將軍問了這麼多，可斷出什麼來了？」這時，一名三品朝官不耐地問。

這人是都察院左副都御史，名叫劉淮。

暮青對主和的朝官沒有好印象，冷眼一瞥，淡問：「我問了這麼多，劉大人可聽出什麼來了？」

劉淮被話噎著，一時答不出。

「自己蠢笨，能不要求別人聰明嗎？」

「你！」

暮青懶得看他，一語驚了大堂，「凶手就在我剛剛問的那些人之中！客棧店家、小廝、廚子、送酒肉菜食的、縣衙公差，凶手就在這些人之中！」

「凶手不在西北軍裡？」元修露出喜意。

「沒錯。」暮青看著元修眸底湧出的喜色，有些不忍，但事實歸事實，該說的還是要說，她看向奉縣知縣道：「知縣大人。」

奉縣知縣這會兒跪得腿都麻了，乍一聽聞暮青喚他，趕緊應聲：「下官在！」

「請知縣大人查一下，我方才說的這些人裡有誰曾是庶族門第出身，家道中落，家裡如今做著粗使活計，家境貧寒。此人剛直，身體強壯，許還會些身手，昨夜子時後回過家，最要緊的是他家中曾有人被徵兵西北，人死在戰場上，屍身或衣冠有被運回安葬。」

元修正為凶手不在西北軍中喜著，沒想到暮青竟提到了軍烈家眷。

「何意？」元修不是聽不懂，只是難以相信。

「凶手是西北軍的軍烈家眷。」

「何以見得？」

「那雙舊軍靴。」暮青雖參軍時間不長，但有些事還是知道的，「民間不可仿製軍靴，老兵、傷兵離軍返鄉時亦不可帶走軍袍、軍靴，唯有戰死沙場的將士屍骨會運回鄉去，屍骨運不回去的，軍中也會將其舊衣冠送回家鄉安葬。凶手穿著西北軍的舊軍靴，只可能是軍烈家眷。」

民間仿製軍靴是要以私軍謀逆之罪論處的，雖然可能會有百姓因敬仰西北軍而私製了雙軍靴藏在家中，但這等觸犯國法之事，即便有那膽大的敢做，也必是藏著掖著不敢穿出門去。可這雙軍靴的鞋底磨損頗重，穿了頗長的時日，不像是私藏在家或是偷穿那麼幾回能磨出來的，因此民間仿製的可能性不大。

老兵傷兵離軍返鄉時不得帶走軍袍、軍靴，也是為了防止民間有人按樣仿製，冒充邊軍將士，因此，凶手穿著的舊軍靴最有可能的就是邊關陣亡將士的遺物。

「我原也懷疑凶手在昨夜進城的親兵中，許是誰有兄弟或是至交戰死沙場，因此回京路上在行李中私帶了親友舊衣，行凶時特意穿上舊衣報仇，但後來我發現軍中親兵不具備作案條件。」

「怎麼說？」季延問，話裡帶刺兒：「英睿將軍是不是有意包庇？依我看，就如同你說的，有人夜裡穿著軍中舊衣來了客棧，發現護衛都躲懶醉了酒，便殺了李大人，此事也有可能吧？」

「對凶手來說，作案不過是時間、手法、進出路線。手法我們知道了，時間我們可以考慮一下。若是西北軍的人作案，會選擇什麼時辰進入客棧？」暮青問。

「夜深。太早了客棧裡的人都沒睡，若是出點聲兒，不僅驚著護衛，還會驚著左右屋裡、後院小廝，麻煩！而且，出來早了，咱們那邊也沒睡，查房易被發現。」元修答。

「沒錯。正因軍紀嚴明，凶手不敢出來太早，同樣也不敢在外時辰太長。可凶手的作案手法卻恰恰很費時間，割舌縫嘴、雪中藏屍，樣樣都是費時辰的。

若只為洩憤，殺人割頭足矣，何必大費周章？而且凶器也是一大疑點，凶手若是西北軍的人，殺人用柴刀可以推測成是為了遮掩身分，可柴刀客棧後院就有，取來如此方便，何必要從別處帶？豈不更浪費時間？」

元修深思片刻，道：「有道理！但也許是凶手怕在客棧後院取刀會遇上突來之事，所以刀從別處取的呢？比如，柴刀是從我們那邊的客棧裡拿的。」

「他都敢在後院堆雪人了，還怕取把刀的時辰會遇上什麼事嗎？而且從我們那邊取刀，風險相對這邊反而大些，因為凶手想進客棧殺人，他事先卻並不知道護衛會躲懶醉酒，一定會在來客棧前想好解決護衛的辦法。既然有辦法解決護衛，那他在這邊取刀就是順手的事，我們那邊都是自己人，他不能對自己人下手，且我們崗哨又嚴，他下手的機會反而不如這邊大。」

元修這回不說話了。

暮青又道：「另外，現場沒有發現作案用的柴刀，說明凶手作案後帶走了或是藏起來了，這又是一件浪費時間的事。凶手若是軍中之人，用柴刀作案的目的是掩飾身分，那麼既然柴刀暴露不了他的身分，他又何需將柴刀帶走？藏起來也好，帶走半路拋掉也罷，都是浪費時辰的事，何必多此一舉？丟在現場就是！」

元修目光一凜，緩緩點頭。

「所以，凶手若是軍中之人，作案手法和身分不匹配，矛盾之處頗多。」

元修眸中陰霾一層一層散去，漸露明光。只是想起軍烈家屬一事，便又生了憂愁。他沉吟了會兒，問：「何以肯定凶手在這客棧之內？除了軍中之人，難道就不可能是城中其他人趁著護衛睡著了，夜入客棧殺人？」

「不可能。若是大將軍想殺一人，趁夜入敵營，卻發現無人值守，你會如何做？」暮青問。

「我會不進去！」元修想也不想便道，千軍萬馬不可怕，可怕的是無崗哨，怎麼看都像是有埋伏！

「沒錯。假如凶手跟你想法一樣，他便不會進來，那麼案子就不會發生。假如他想要冒險一探而進了客棧，那麼他怎知除了廚房裡那群醉死的護衛，還有沒有換崗的在？何時換崗？凶手的作案手法如此費時間，他就不怕遇上換崗的？」

「……」

「如果我們在奉縣住了幾日，那麼我會推斷凶手可能是從客棧外進來的，因為幾日的時間足夠凶手摸清客棧每日夜裡安排多少人值守，護衛是幾人一崗、何處有崗哨、何時換崗。可我們來奉縣當晚就出事了，凶手沒可能摸得這麼清楚，能知道得這麼清楚的只有客棧裡的人。」

「按說往客棧裡送酒肉菜食的待的時間短，不該有作案嫌疑，但不排除他們進來時留意了崗哨，所以一併查一查吧。客棧裡沒有針線，柴刀是凶手自帶的，所以凶手昨夜在護衛酒醉熟睡後出去過。那時是子時後，城中宵禁，夜深人都睡了，凶手不可能去買柴刀，也不太可能翻牆進誰家裡偷針線，這些東西很可能是從家裡拿的，排查時記得問問街坊四鄰，昨夜可聽見隔壁有聲兒，也問問家裡人，昨夜嫌犯可曾回來過。」

暮青要了杯茶來，說完便低頭喝茶了。

大堂裡靜無人聲，自她來了客棧不過一個時辰，不僅凶手的動機、作案時間、路線和凶器查清楚了，連凶手的家世、經歷都斷了出來，甚至連嫌犯的範圍都縮小到了一家客棧！

大堂裡忽然傳來一聲大笑，呼延昊仰頭笑得恣意，青州山裡，他的案子她是如何破的，他大抵能想像出來了。

奉縣知縣趁機告請了聖駕，退出了大堂。

一退出來，迎面便撞上了一人。

那人穿著西北軍的衣袍，垂頭喪氣，迎面見奉縣知縣出來，一把便撈了他的官袖，急問：「案子查得怎麼樣了？」

知縣不敢怠慢，道：「英睿將軍已查得差不多了，剩下的正交給下官去辦。」

那親兵一聽，急出一臉凶神惡煞，道：「差不多了？快說是哪個王八羔子！敢學著俺的話殺人，活膩了！」

啊？

知縣張著嘴，沒聽明白。

大堂的簾子卻刷地從裡面掀開，元修大步走出，沉聲問：「怎麼回事？」

那親兵一見元修，高高擰起的眉又沒精氣神兒地垂了下來，垂首道：「大將軍，俺幹了件蠢事。」

「何事？」

「昨晚俺值守時說了句，俺們村有個族規，長舌婦亂嚼舌根的就把舌頭割了，把嘴縫起來！這話就是隨口一說，可俺剛才聽說，李大人就是這麼死的？」

元修愣了，身後簾子刷地又一掀，暮青走出來問：「你為何說此話？」

那親兵明知大堂裡有呼延昊和朝中議和官員在，卻胸一挺，高聲道：「俺看不慣議和，值守時就發了句牢騷，說胡人該殺，朝中那些主和的狗官也該殺！

俺們村有個族規，長舌婦亂嚼舌根子的就把舌頭割了，把嘴縫起來！」

大堂裡嘶嘶抽氣聲，也不知劉淮等人是驚的還是氣的。

暮青見奉縣知縣還沒走，便道：「如今更清楚了，嫌犯的範圍又縮小了，凶手除了具備我之前說的特徵外，昨夜還去過永德客棧。」

奉縣知縣去了一個時辰，不到晌午，凶手便查了出來。

令人難以置信的是，凶手竟是個婦人。

「昨夜福順客棧的廚娘曾到永德客棧送過一罈子醬菜，昨夜聖上駕臨用膳，客棧裡的招牌醬菜沒了，廚子便派人去福順客棧裡要了一罈子來，那廚娘正是來送醬菜的人，待聖上走了，她才將罈子抱回去，時辰上與英睿將軍所言一致。」大堂裡，奉縣知縣跪在地上回稟案情。

「微臣查了那廚娘祖籍，此婦人楊氏，祖籍越州首邑衢川，其父曾在衢川治下永嶧縣任縣丞，庶族出身，後因事被革職，帶著家眷來到了奉縣。楊氏嫁與城中一寒門子弟，那兒郎後被徵兵到了西北邊關，八年前邊關送了衣冠和安葬銀兩回來，說是死在了大漠。」

元修猛地望向他，八年前？

「楊氏除了在福順客棧當廚娘，還趕製蓑衣斗笠貼補家用。捕快在其家中翻找出了粗針麻線等物，現已送至縣衙，但未在其家中見著柴刀和西北軍的舊衣靴。街坊皆道昨夜睡得熟，夜深風急，不曾聽見楊氏回來。楊氏之子道其母昨夜子時後回了家中，當時兩個幼妹已熟睡，他在深夜苦讀，可以證明。但……」

「但什麼？」元修急問。

「但楊氏之子說昨晚苦讀至五更，其母四更天時為他下了碗麵。」

四更時分即是丑時，昨夜凶手作案的時辰。

楊氏之子所言若屬實，楊氏便沒有作案時間了。

「微臣以為，楊氏之子不過是幫其母脫罪罷了。那楊氏乃廚娘，身形壯實，又是軍烈家眷，與英睿將軍所言並無二致。如今楊氏與其子已被帶至縣衙，不知聖上打算如何發落？」奉縣知縣問。

步惜歡坐了一上午了，此時瞧著已倦，聽完懶洋洋起身道：「擺駕縣衙。」

縣衙。

天近晌午，細雪飄緩，御林衛以長槍作圍欄將百姓隔出三丈。

知縣一本正經端坐在堂，渾身繃得筆直，目光虛虛掃了眼左旁垂著的簾子。元修與朝官們伴駕在簾後聽審，堂下置了把椅子，椅中坐一少年將軍，銀冠雪袍，蠟黃面容，相貌平平卻風姿卓絕。

楊氏與其子崔遠一同被帶到了堂上，只見婦人壯實，面頰手指被風刀割得通紅，穿一身素舊衣衫，袖口微短，洗得發了白。她三十有一，兩鬢已見霜色，面容粗紅，眉眼間存著幾分市井婦人的悍氣，早已不見了庶族門第千金小姐的姿容，只那挺直的脊背尚見一身家門風骨。

「崔夫人。」暮青開口。

楊氏愣了片刻才反應過來是叫自己，她打量了眼暮青，目光似武將，看人若刮骨，三分刀子似的犀利。

「敢問將軍是？」楊氏問。

「西北軍，中郎將。」暮青未提封號，只道了官職。

楊氏目露詫異，這少年與她的長子崔遠年紀相仿，不想竟有五品武職在身，當真算得上少年英雄。

「民婦楊氏，見過將軍。」楊氏跪著道。

「不必多禮，妳乃軍烈親眷，起來回話吧。」暮青望了眼知縣，道：「看座！」

知縣瞠目，以為自己聽錯了，「這……」

「怎麼？」

「將軍，恕下官直言，我朝律例裡沒這條。」

「朝律裡也無武將問案這條，我不也問了？」

「可楊氏乃嫌犯！」

「嫌犯自有朝律懲戒，律法公正，不懼嫌犯一坐。我給楊氏看座，因她乃邊關將士的遺孀，我敬她這八載年華，孤身教子，含辛茹苦。敬歸敬，錯歸錯，一事歸一事。」暮青道。

堂外風起，飛雪掃地，半堂鋪了雪花白，堂上一時靜無聲。

簾後紅袍舒捲，茶盞細磨聲潤，步惜歡沉吟道：「朝律公正，不懼嫌犯一坐，此言倒是有些道理，賜坐吧。」

知縣慌忙起身道：「微臣領旨，賜坐！」

一把椅子搬到了楊氏面前，楊氏望了眼簾後，又看向暮青，神色動容，竟忘了謝恩便坐下了。

暮青問道：「那舊衣、舊靴和柴刀妳埋去了亡夫墓地吧？」

楊氏心中正亂，乍聞此言，眸中尚未收起的驚色出賣了她。

暮青接著道：「朝中議和，妳對此事雖心有不滿，但起初並未想到殺人洩憤。昨夜送醬菜到永德客棧，臨走時聽見了親衛之言，心中才起了殺機，客棧裡的護衛躲懶醉了酒，妳以為是上天賜給妳的良機，便回家穿上了亡夫的軍袍、舊靴，取了柴刀針線。柴刀用自家的，我猜妳是想以自家的刀手刃議和奸佞，殺人之後，妳將軍袍、舊靴和手刃奸佞的柴刀都埋去了妳夫君的墳地，我想妳的本意不是藏匿凶衣、凶器，而是祭奠亡夫。」

楊氏盯著暮青，眼中震色如潮。

「但妳可想過？捕快在妳家中未搜出柴刀來本身就是破綻，妳家中沒有柴刀，柴如何劈？妳一人拉扯一兒兩女，夜裡還要趕製蓑衣貼補家用，日子定然清貧，怎捨得花銀子去買柴燒？」

「還有客棧裡妳留下的血字，只需叫妳寫幅字來比對便可。」

「百密終有一疏，妳為祭奠亡夫犯下此案，可曾想過一旦案發，妳家中一兒兩女今後的日子該如何過？」

楊氏久不言語，半晌之後自嘲一笑，「民婦之子已成人，日後有他照顧兩個妹妹，民婦可以放心了。」

她如此說，即是承認了殺人之罪。

「娘！」崔遠急喊住她，對暮青道：「這位將軍，我娘並非凶手，她一介婦人，怎有那殺人的氣力？」

知縣嗤笑，楊氏膀大腰圓，壯實不輸男子，她沒有殺人的氣力？

「我娘乃女子，我爹的衣靴她怎穿得？那人是我殺的！」

「遠兒！」楊氏厲喝起身，揚手便扇！

啪一聲脆響，崔遠轉翻在地，臉頰五指紅印，登時便腫了，嘴角血絲殷紅。

「娘？」崔遠捂著臉，不敢相信娘親打了他。

楊氏眼底隱有痛色，提住兒子的衣領一把便將他給拎了起來，「這位小將軍，你瞧見了吧？犬子自幼讀書，不曾習得武藝，民婦身強力壯，這身氣力是殺得人的！」

暮青不言語。

「你再看民婦這身量，與犬子一般高，男子的衣靴是穿得的。」

江北女子身量本就較江南女子高些，楊氏比普通江北女子還要高些。

崔遠這才發現娘親的用意，不禁急喊：「娘！」

「你給我閉嘴！」楊氏厲喝一聲：「你爹死後，娘要你習武，日後子承父志保家衛國，你偏對習武無意，要寒窗苦讀學你外祖。娘依了你，這些年來家中兵書你可曾看過一本，刀劍可曾舞過一回？娘倒不知，你這手無縛雞之力的書生何時有那殺人的本事了！」

崔遠強辯道：「殺人還用本事？不就是揮刀斬人頭？我進屋時見那狗官睡了，就一刀割了他的頭！娘不必護著我了，人就是我殺的！」

「不，人不是你殺的。」暮青打斷了崔遠，道：「人並非死在榻上。人若死在榻上，柴刀就不會從頸後砍入，而且噴濺血在床帳上，榻前地上有血泊，人是死在床前的。」

楊氏道：「沒錯，人死在床前。」

暮青沉默了片刻，緩緩點了頭。

崔遠面色大變，「我娘是胡說的！」

楊氏抬手打斷了兒子的話，道：「那狗官當時睡得正熟，我把他提下床榻，在他醒時殺了他。」

「殺人償命，你可想過家中兒女？」這世上有太多案子本可以不發生，死者未必無辜，凶手未必窮凶極惡，但法就是法，法理無情。

「小將軍從軍邊關，家中可有親人？」楊氏不答反問。

「沒有。」沒有親人，唯一的已經故去了。

楊氏坐回椅子裡，笑了笑道：「小將軍莫嫌民婦說話戳心，沒有親人無牽無掛，好過日日憂心不得安眠。」

楊氏望向縣衙外，風急雪細，飛捲如幕，婦人那被風霜摧打的容顏笑起來並不美，卻別有苦澀溫柔，她緩緩開口，時光漸遠。

「他爹走時是遠兒六歲那年冬天，那日也下著雪，像昨夜那般的雪。我說，雪太大，邊關許封了，別走了。他說官府登記造了冊，邊關戰事緊，朝中徵江北兒郎發往西北，徵到了越州，官府已定了今年服郡役的派往西北，他在其中，只能走。他還說，到了邊關寄書信回來，不過是服役三年，三年後就回來。」

「他說三年，我就等。人一時等不回來，就等書信。書信來時已是開春雪化，我身懷六甲已有四月，我坐在窗下讀那書信，一頁的紙，瞧了半個時辰。郎中說我懷的是雙胎，家中緊著做秋冬衣裳，使不起那往邊關送信的銀錢，我當了出嫁時的釵子，送了封信去邊關。我數著日子，一來一回，收他三封書信，兩個孩兒便該出世了。」

「我只收了兩封信，第三封信該來的那幾日，我日日在家門口等，等啊等……等來了一副舊衣靴，報信的官差說，人死在了大漠。」楊氏抬頭望向暮青，眼底無淚，卻刺得人心口疼，「小將軍，你可上過大漠？能與民婦說說，那大漠是何模樣？為何殺人？」

暮青沉默無言。

楊氏也不指望暮青答，笑了笑道：「我這半生換過的地兒多，到過衢川，到過永嶧，後來來了奉縣，換來換去也沒出這越州，日後更看不到大漠了。」

「我本不想殺那狗官，可我這八年過得太苦！當年我動了胎氣提早臨盆，險些去了鬼門關。為拉扯兒女，我想過給人當奶娘，可家中新喪，無人肯要，我只好做些針線活兒勉強度日，如此過了三年。出了喪期，我便到福順客棧當了廚娘。一日我幫小二上菜，聽見縣衙捕快酒後醉語，說邊關怎不多死幾人，朝中撫恤邊關陣亡將士，一人有二十兩紋銀可領。我這才知道三年前與衣冠一同送回來的應該還有撫恤銀兩，可全叫知縣狗官貪了去！若有那撫恤銀兩，我這一兒兩女何需過那三年貧苦日子？每到夜裡，孩兒便餓得哭！」

堂外風雪驟急，寒風穿堂過，嗚聲過耳，好似聽見夜深民屋，紙糊的窗裡一燈如豆，幼子啼哭。

堂後的簾子忽的被撩開，元修大步而出，眉宇結了霜色，聲沉如冰，問道：「那知縣何人？」

楊氏問道：「可是元大將軍？」

元修抱拳深深一揖，沉聲道：「在下元修，八年前率軍突襲勒丹牙帳，途中遭遇黑風沙，八千將士埋骨大漠，此乃元修領兵之過！事後以此奏請朝中，立撫恤新政，以安陣亡將士家眷，未曾想會有貪贓撫恤銀兩之事，此乃元修顧慮不周，不勞夫人寬宥，只望告知那年任上知縣何人？元修回朝，定嚴辦此人！」

「不勞大將軍了，民婦已經自己動了手。」楊氏淡道。

元修一愣，猛地抬頭，見楊氏淡淡一笑，道：「那狗官姓李名本，八年前奉縣一介小小知縣，三年任滿便入了朝，民婦昨夜見到他才知這狗官已升了都察院左副都御史。呵，二品！好大的官兒，若非貪了那些撫恤銀兩，買通了上峰，他的仕途能這般高升？」

楊氏那封血書，其真意並非是對朝中議和之事不滿，而是因李本曾貪了邊關將士的撫恤銀兩？

誰也未想到，此案竟牽出貪汙撫恤銀兩之事和一段陳年恩怨，怪不得昨夜客棧無人值守，楊氏卻只殺了李本！

「這位小將軍說對了，我原沒想到殺這狗官。他乃二品大員，身邊護衛重重，我如何殺得了他？沒想到昨夜護衛竟躲懶醉了酒，真是狗官懶護衛，出門湊成對。」楊氏看了暮青一眼。

「天意如此。護衛都睡著了，我看著那大雪，想起他爹走時。他說，不過是服役三年，可到了邊關，信裡卻句句是豪言壯語，說要保家衛國。我見信便笑，嫁與他數年，他白日謀生計，夜裡偷去院中舞劍。他早有報國之心，只是邊關苦寒，一走數年，怕我憂心，一直藏在心中不提罷了。到了邊關便是飛鳥入林、魚躍入海，一展男兒抱負去了。」

「成婚六年，嫁與他時我娘家已無人。公婆百般挑剔，日子難熬，是他多番護著，溫言暖語日日寬慰，我日子雖苦，心中卻甜。後來公婆相繼故去，他孝期一滿便去了邊關，他待我千般好，我怎願拖累他那一腔男兒志？怕他掛念，我便未將身懷六甲之事告訴他。可憐他埋骨大漠之時都不知有兩個孩兒在世，可憐我那兩個孩兒未出世就沒了爹！」

她以前是正經的官家小姐，也有年華好時，不是傾國傾城，也有三分芙蓉面，窈窕肌骨勻。剛成婚時她也是嫺靜溫和的女子，夫君亡故後，鄰里間便生了閒話，說她剋死公婆又剋死夫君。她寡居在家那三年，鄰里欺，潑皮擾，連那日送亡夫衣冠來的縣衙捕頭都惦記上了她，要出銀錢買她夜裡相陪，與她在家中做對兒野鴛鴦。

她抵死不從，一怒之下學那市井潑婦，罵鄰里，撵潑皮，白日學粗婦舉止，夜裡心中苦悶難紓，便提了夫君的劍去院子裡學他寒夜舞劍。

熬過三年，她出門求生計，為省銀錢拉扯兒女，她從此吃那些油多味重的剩飯剩菜，風雨不歇地為生計奔波，風霜摧人，世上漸沒了那有著三分姿色的崔家寡婦，多了個壯實凶悍如粗婦的崔郎家的。

夫君若能活過來，怕是也認不得她了吧？

「我這些年吃過的苦都是那狗官害的！他八年前貪了邊關將士的撫恤銀兩，八年後又要貪去邊關將士保家衛國的心血，天意要我殺了他！」楊氏面色忽厲，理了理鬢邊霜白，昂首笑道：「想我這半生，隨外祖住過知州府衙，隨父住過縣丞小府，嫁了人也隨夫君過過幾年恩愛日子。知那富貴滋味，也嘗過清貧滋味，人間苦樂半生皆知，臨了還殺了個貪官出了口惡氣，痛快！殺人償命？那便償吧！我無懼亦無悔，這輩子到此也知足了。」

「不！」崔遠撲通一聲對元修跪了下來，「大將軍，我爹是西北軍陣亡將士，他為國捐軀戰死沙場，我娘含辛茹苦，那狗官罪本當誅！求大將軍——」

「遠兒！」楊氏打斷崔遠道：「殺人償命，此乃國法，莫替為娘求情。你自幼苦讀，國法朝律，你比為娘懂，莫做那罔顧國法之人。當初你要讀書入仕，娘是不願的，娘怕你日後會像那些狗官一樣，為求仕途功名魚肉百姓，若如此娘寧願你子承父志，便是戰死沙場也是崔家的好兒郎！」

崔遠只知搖頭，哽咽難言。

楊氏輕撫上他紅腫的面龐，慈愛笑道：「娘不能再教你什麼，此事便當是最後一次娘的教誨吧。何謂法理，何謂人情，娘讀書不多，論不出大道理來，你自體會吧。日後娘不在，照顧好你兩個妹妹。」

崔遠含淚點頭，又猛搖頭。

楊氏輕擦兒子臉上的淚，眼角亦溼。

她不悔？其實也是悔的。

她該再陪兒女們幾年，他們終究還是小了些。

「大將軍。」楊氏起身向元修福了福，道：「民婦不求國法寬恕，但有一事相求。」

「夫人請說。」元修扶起楊氏。

「民婦殺了李本，想那李家必不肯善罷甘休。我兒自幼苦讀，李家在朝一日，定不會讓他入仕。民婦不求大將軍提攜我兒，只求大將軍能莫讓李家暗害我兒。」

她一生好強，不肯求人，雖教導孩兒不可替她求情，卻還是忍不住替子求個庇佑，這是她這當娘的最後能為他做的了。只要兒子日後仕途無患，兩個女兒便能得兄長庇佑，她也走得放心了。

「夫人放心，有元修一日，李家必不敢報復！李本雖死，貪汙邊關將士撫銀兩一案卻未結，元修回朝之後定奏請朝廷徹查此案，還夫人和我邊關將士家眷一個公道！」

「多謝大將軍。」楊氏望向奉縣知縣，問：「可需畫押？」

知縣看了主簿一眼，主簿忙遞上張罪狀來，楊氏提筆蘸墨，毫不遲疑便要畫押。

旁邊忽然撞過一人來，硯臺翻落，墨潑了知縣官袍，崔遠一把搶過楊氏手中的紙筆，一手抓著那罪狀，一手抓著筆，跌跌撞撞便衝出了大堂。

「遠兒！」楊氏驚喊，崔遠已衝到了縣衙大門口。

縣衙門口有衙役守著，見崔遠衝出大堂，拔出刀來便圍。

長刀寒，風雪漫天，青衫少年亂舞著一桿狼毫，雙目血紅，舉止癲狂，「別過來！都別過來！」

「遠兒！」楊氏喊著便也往大堂外奔，剛奔出兩步便被人推擠在地。

奉縣知縣大步奔去大堂外，揚聲道：「反了！拿下！」

衙役得令，圍逼而上。

「不可傷他！」元修大步而出，喝道。

衙役只好紛紛收刀。

但聖駕在縣衙，大堂外兩邊皆是御林衛，御林衛不從元修之令，長槍森寒，刺風破雪齊指崔遠！

崔遠將那張罪狀高舉頭頂，高聲道：「奉縣的父老鄉親！你們看看，此乃我娘的罪狀！」

百姓們迎著風雪望那罪狀，只見雪花漫天，墨跡細密，一頁疊一頁。青衫少年高舉罪狀，雪沫沾眉，涕淚成冰，道：「你們看不見，我念給你們聽！」

他橫袖抹一把臉，狠擦了鼻涕眼淚，低頭翻看那罪狀，未讀先笑，「茲有毒婦楊氏，殘殺朝官，行割頭割舌，縫嘴埋屍之實，此乃不道重罪，其罪當誅！」

少年捧狀長笑，笑出了一腔血氣，「何謂不道？《大興律疏議．名例．十惡》中有記——五曰不道：謂殺一家非死罪三人，及肢解人，造畜蠱毒厭魅者！我娘只殺一人，也可稱不道？知縣狗官除了貪昧撫恤銀兩，還會何事？朝律都不知，竟寫出這等罪狀來，也不怕笑掉天下人的大牙！」

知縣氣了個倒仰，指著崔遠手指發抖，「栽贓！栽贓！給本縣拿下這狂徒！」

「狗官敢說栽贓？」崔遠怒笑，回身問衙外百姓：「鄉親們，朝廷為邊關陣亡將士家眷發下的撫恤銀兩，有誰家收到過？站出來看看！」

風雪如刀，百姓聚著，人人沉默。

「八年了！狗官走了一個，來了下一個，撫恤銀兩可曾到過誰家家門口？」崔遠高聲道：「是有到過咱們家門口之物！何物？一副舊衣冠！我們的兒郎，赴邊關，殺胡虜，一條命換二十兩銀，養肥了一群狗官，上買官下欺民！買官花的是我們兒郎的賣命錢，欺殺的是我們兒郎的父母娘親！敢問這等世道，公理何在！」

人群沉默如死，風雪掩不住那些粗糙的臉頰和被風吹紅的鼻頭，雪沫糊著的眉睫下一雙雙眼眸沉如淵河。

「我娘殺的是何人？狗官李本！鄉親們可還記得此人？貪了我們三年撫恤銀兩，入朝做了泰和殿大學士！如此狗官竟能官居二品，朝廷瞎了眼！」崔遠一揚手中罪狀，怒笑，「瞧一瞧！我娘殺了個狗官，罪狀寫了三頁！那那些狗官的罪狀是不是也來寫寫看，看是不是罄竹難書？」

崔遠揚起那三頁罪狀，撕了個粉碎，隨手揚出，紙片紛飛，大如雪花。

沒有哪一年的雪下得比今年痛快，一道衙門隔了青衫少年與百姓，卻隔不斷那一道道望進衙門的目光。日隱雲後，天幕昏沉，一聲高喝如雷，捅破了這奉城縣的天。

「寫！」一聲少年清音，自大堂內而來。

那少年走進風雪裡，一身戰袍出了官群，站去衙門口百姓前，道：「法理無情，國法公正！殺人償命，貪贓伏法，此乃公理！公理在法不在官，士族犯法當與庶民同罪！」

暮青遞出一疊紙給崔遠，道：「寫！聖上在此，且告御狀。」

崔遠愣愣望著暮青，只覺這人頗怪，這位小將軍既審娘親又敬娘親，既是官又伐官，究竟是站在誰那一邊？

他一時下不得筆，衙門口卻不知誰附言了一句，高喊一聲：「寫！」

百姓炸了鍋，人潮開始向前推。

「寫！告御狀！」

「告御狀！殺狗官！」

「殺狗官！放楊氏！」

御林衛奮力阻擋，未有聖意不敢傷民，被逼得節節後退。

奉縣知縣驚問：「英睿將軍此舉何意？難道將軍也要反了朝廷？」

「知縣大人臉真大。」暮青負手冷笑，「不要代表朝廷，朝廷不想被你代表。此不為反，謂之伐。不伐朝廷伐貪官，何以伐不得？」

知縣從臉紅到脖子，凜然道：「將軍若對下官不滿，可上奏彈劾，何以煽動民怨，難道是圖謀不軌？」

「民怨不是我想煽，想煽就能煽。官不欺民，何來民怨？」

「將軍怎能聽信這些刁民一面之詞？聖駕就在縣衙，將軍煽動民怨，莫非想要激起民變，引亂民衝撞縣衙，危及聖上安危？」奉縣知縣自知辯才差得遠，也不與暮青辯，只咬死了把罪往她身上安。

暮青看著崔遠寫罪狀書，抽空回嘴道：「代表完了朝廷代表聖上，說你臉大，還真打腫充上了。這會兒倒成了擔憂聖安的良臣嘴臉了！」

奉縣知縣一口血悶在喉口，吐不出嚥不下，兩眼血紅，想要殺人。

這時，御林衛已退到了門檻邊上，長街上不知何時擠滿了奉縣的百姓，一眼難望盡頭。一名御林衛的小隊長飛身上了屋頂，只見大雪如幕，百姓堵滿了縣衙周圍數條街！

楊氏之案在審的時候就傳了出去，這時怕有大半城的百姓出了家門。

一個李本案牽出撫恤銀兩案，捅破了奉城縣的天！

那小隊長躍下時，衙門口的御林衛已攔不住百姓，為首的幾個御林衛眼看就要被推倒，大堂重重人影裡，一襲火紅衣袂掠過，登高坐堂，遠遠望來。

有宮人尖著嗓子報道：「聖上到——」

風雪不休，人聲忽靜。

聽堂上一人不緊不慢道：「朝榮，你的人撤了吧，朕既來了奉縣縣衙，便見見奉縣百姓。」

民怨已起，帝王要見百姓。

奉縣知縣跪倒便諫：「啟奏聖上，衝撞縣衙，罪同謀反，刁民該殺！」

劉淮率官匆匆而出，急跪齊諫：「啟奏聖上，奉縣民變，吾皇安危為重，當命李將軍緊閉縣衙，再命人開城門，迎城外五萬西北大軍入城，平亂救駕！」

諫聲鏗鏘，刺了衙門口百姓的心，怒火將熄又燃。

「蠢！」暴動一觸即發時，一字如刀，出自兩人，一聲當頭擲下，一聲自堂外而來。

諫官們紛紛抬頭，不可置信，「陛下？」

劉淮回首，眼一瞇，眼中似迸出毒霧——又是她！

暮青衣袖捎著風雪大步入堂來，邊走邊道：「連五曰不道都記錯的人，倒記得衝撞縣衙罪同謀反。」

奉縣知縣面皮一緊——這罵的是他！

「西北軍乃保家衛國之軍，刀不殺胡虜殺百姓，你們可問過西北軍將士們同不同意？」

劉淮等人亦面有難堪之色——這罵的是他們！

「陛下，臣有一諫，專治愛翻嘴皮子使喚人的病。」暮青到了堂前，單膝跪道：「誰提議，誰施行！要殺刁民的自去殺，要去開城門的自去開！能成事的才是能臣，使喚人成事的謂之奸臣，即使喚不動人自己又成不了事的謂之蠢臣。能臣蠢臣，拉出去溜溜就知。」

「這、這……」諫官們臉色一個比一個青。

人非騾子馬，豈能拉來溜！

元修搖了搖頭，一縣知縣蠢，朝官也跟著蠢，劉淮想以迎大軍入城之言震懾百姓，卻不知百姓已擠滿了縣衙周圍數條長街，傳令開城門的人根本就出不去這縣衙！即便他或是李朝榮能飛簷走壁馳去城門，在報信的到城門之前，暴民就會衝破縣衙，以縣衙裡這些御林衛和衙役來說根本就擋不住！百姓會奪刀奪槍，殺兵殺官！

陛下宣見百姓，本已能止暴亂，劉淮幾個犯蠢，一語又惹怒了百姓，方才若非暮青出聲及時，這會兒暴亂已發了！

「荒謬！自古文臣武將，文臣治國，武將安國，若文臣能行武將之事，要武將何用？」劉淮還在高談闊論。

暮青拉起劉淮便往外走！

「有沒有梯子？」到了門口她往縣衙屋頂瞥了眼。

「何需梯子？」元修會意，一邊一個提了，縱身便躍上了縣衙屋頂！

屋頂寒風颳人，暮青道：「睜大你的眼，看看！」

劉淮聞聲下望，張著嘴，任風雪猛灌入喉。

長街四面，人湧如潮，大雪如幕，數不清的百姓，看不見人臉，只見人頭如鴉。

劉淮睜著眼，如被凍在屋頂。

怎會如此？怎會如此！

「劉大人沒見過這等景象吧？看過此景，你還敢說出城調兵之言嗎？你出去給我看！」

「文臣治世？古有文臣如此諫君：『君，舟也；人，水也。水能載舟，亦能覆舟。』此為治世之臣！你也敢稱文臣，敢論治世？蠹臣！」

劉淮癱坐不動，臉頰通紅，不知是臊的，還是被風雪割的。

元修望向暮青，見少年面迎風雪凜立，上頂青天，下踏縣衙，衣袂獵獵，一身正氣浩蕩如天。

縣衙裡，步惜歡端坐正堂，悵然一笑，她雖在屋頂，但所言又怎能避過他聰明的耳力？有時，他真希望自己不是一國之君，便可如她這般痛快行事！

那悵然之意尚在胸間，心頭又起疑惑。古有文臣？何人之言，竟未聽過。能出此言者，定為治世之賢臣，千古流芳，何以未曾聽過？

元修帶著暮青和劉淮從屋頂躍了下來，三人再進大堂時，劉淮似失了魂兒，再無言語。

步惜歡淡淡瞥了眼地上跪著的一干臣子，道：「奉縣知縣。」

「微臣在！」

「朕問你，何為刁民？」

奉縣知縣心裡咯噔一聲！

「刁民者，無賴奸猾者為刁，此刻你縣衙門口的可是此等百姓？」

奉縣知縣跪伏在地，瞧不見臉。

「他們乃何人，為何事而來，為何事而怒？」

「這……」

「你不知？朕來告訴你。」年輕的帝王坐在堂上，斂那一身慵懶散漫，眸光懾人，「他們乃邊關將士家眷，為瞧熱鬧而來，卻為你等貪汙撫恤銀兩而怒！貪官作惡，反誣百姓為刁民？你真以為朕昏聵無邊，會縱你殺民？」

「微臣不敢！」奉縣知縣額頭抵在地上，只覺青磚冰涼，風雪襲背，寒意透心。

「你身為一方父母官，不教民王化，反當官為惡，官逼民反，這等佞臣朕留你何用？來人！」

「臣在！」李朝榮在大堂門口應道。

「摘了他的烏紗，褪了他的官袍！」

「臣領旨！」

四名鐵甲衛進了縣衙大堂，一左一右押住奉縣知縣，摘烏紗，褪官袍。堂外寒風凜凜，奉縣知縣被拖下，心中一個念頭驚起——聖上要殺他以平民憤？

念頭剛生，便聽堂上帝王又道：「押入囚車，明日隨駕入京，撫恤銀兩一案，徹查！」

奉縣知縣頓驚，聖上若想平民憤，只需將他斬立決，他的人頭滾落在衙門口，百姓之怒自會平息。可聖上要將他押回朝中，莫非真要查撫恤銀兩一案？

這還是那不理朝政的昏君？

有此念頭的並非奉縣知縣一人。

親眼看見狗官被革職查辦，衙門口的百姓齊望堂上。

雪不知何時大了起來，密如白簾，遠遠的只見堂上帝王穿一身大紅龍袍，別的皆瞧不真切，只聞帝音慵懶，大雪天兒裡聽著，別有一番春意，暖融融：

「朝榮，撤了你的人，搬去衙門口的門檻，放百姓入衙。」

「啊？」跪在堂下的朝官們紛紛抬頭，驚愣互望。

依大興律，衙門審案要開著門，百姓觀審要在大門外的臺階下。而今日百姓暴亂，衝上了臺階，如此見駕已是不合規矩，哪有再請進來的道理？還要搬去門檻，這是多大的禮遇？

帝王見民，不設門檻，這等事古來未聞！

朝官們大不贊同，李朝榮卻只遵聖意，命八名御林衛抬走衙門口的門檻，豎去了一邊。

衙門口四門大敞，御林衛讓路，帝王端坐堂上，一條君民相見的路平坦寬闊，不見門檻，不見臺階。

百姓聚在門口，嗡的一聲，人人相顧，反倒卻步，無人敢進了。

步惜歡起身，下了堂來。

門口嗡聲又起，百姓們齊盯著堂內，見一男子緩步而來，墨髮紅袍，紅袖舒捲，片雪不沾，立在堂門口含笑遙望，雪天兒裡如升明珠，容顏驚了天。

百姓們瞪眼張嘴，人人屏息。

這便是帝王風姿？

大興的皇帝，六歲登基，十八年來昏名遍天下，竟是這等風華如仙，宛若神祇？

這般風華與昏君之名實難想到一處，百姓們驚愣無言，只見帝王一笑，那一笑似風雪皆歇，碧天無際裡有雁高行。

聽步惜歡道：「朕登基起至今十八載，年年在盛京與江南行宮，未曾到過邊關，今在邊關住了些日子，邊關苦寒，朕親眼見之，親身試之，實知將士不易。兩國開戰，苦及百姓，如今議和，邊貿可開，朕望邊關百姓過些安樂日子，也望將士們可歇上一歇，望天下娘親可見兒郎，天下兒女可見親父。這等喜事，自朕登基後未有，理應大赦天下！」

此言一出驚了滿堂！

大赦乃新皇登基、立后立儲等重大喜慶抑或天雞星動才會頒布，且赦令應在朝中頒布，儀式亦該在朝中舉行，這般在奉縣縣衙宣布大赦實不合朝制。

有朝官欲諫，尚未拜下便被人按住衣袖，那朝官轉頭看向一旁，見同僚搖頭，目含深意。

陛下已開金口，大赦未必有害，撫恤銀兩一案可……

那朝官忽明，暗暗收手，直當方才欲諫之事未曾發生。

堂外，百姓尚且無聲，崔遠已露狂喜之色！

天下大赦，娘有救了！

堂內，暮青望著步惜歡的背影，眉頭微皺。古來大赦，形同滅罪，未追訴的不再追訴，已追訴的撤銷追訴，已受刑的歸於無罪。她知道大赦乃帝王示以仁政籠絡民心的手段，但實不贊成天下大赦，因牢獄之中確有惡徒重犯，赦免釋放於民有害，於被害者及其親眷不公。

步惜歡又道：「方才，英睿將軍曾言，士族犯法與庶民同罪，朕以為此言差矣。庶民犯法，鬥殺一人十人。士族犯法，戕害萬民。似泰和殿大學士李本、奉縣知縣之流，貪贓枉法，傷及邊關將士家眷，動搖軍心禍及國本，其罪難赦！貪官犯法，雖不見血亦甚於民，罪當重處！朕大赦天下，乃為施仁於民，而非施仁於贓吏，是而吏犯贓罪，不赦其罪！十惡犯科，不赦其罪！自朕之一朝起，為官貪贓罪同十惡，不赦！」

狂風起，大雪紛飛，這一日，大興元隆十八年臘月十四，帝於越州奉縣縣衙宣見百姓，不設門檻，大赦天下，立貪官不赦、十惡不赦之政，止百姓暴動於衙門口，百姓沐浴天恩懾於天威，跪伏而拜，三呼萬歲。

崔遠率先跪拜，「吾皇聖明，萬歲！萬歲！萬萬歲！」

十惡之罪，謀反、大逆、謀叛、惡逆、不道、大不敬、不孝、不睦、不義、內亂，娘皆未犯，其罪可赦了！

縣衙門口，此一聲驚醒了百姓，一時間呼聲迭起，跪拜如潮：「吾皇聖明，萬歲！萬歲！萬萬歲！」

呼聲隨風雪傳入長街，遠處湧來的百姓不知出了何事，見前頭跪拜高呼，亦跟著跪拜高呼，呼聲層疊傳入縣衙。步惜歡負手，仰望雲霄，日出雲層，一片雪花沾落男子眼睫，片刻融作了珠光。

十八年了，這一日竟等了十八年。

大堂裡，朝官們驚望步惜歡的背影，嗡嗡議論。

「陛下！」算盤落空，眾臣紛紛進諫：「縣衙內頒布赦令不合朝制，此事應回朝中再議！」

步惜歡負手望著衙門外跪伏的百姓，未回身，聲已涼，道：「朕金口玉言，諸位愛卿是勸朕失信於萬民？」

「臣等不敢，陛下金口玉言，自不可失信於民，但亦不可有違朝制。我大興自高祖皇帝起，便有大赦之制，新皇登基、立后立儲及天雞星動皆赦天下囚徒，其餘重大喜慶時赦天下皆死罪者減為流放，流罪以下者一律赦免，不曾有十惡不赦及貪官不赦之制。臣請陛下遵祖制！」

即便是死罪者減為流放，流罪以下者一律赦免，也比貪官不赦強。再者，撫恤銀兩一案牽涉眾多，若朝中一致反對，陛下要查也是查不下去的。怕只怕元大將軍不肯甘休，要為邊關將士討個公道，那此事便有些麻煩，只怕到時會推出幾個替罪羊來。因此，此事不提早打算不成。

「臣請陛下遵循祖制！」

「臣請陛下遵循祖制！」

眾臣齊諫，步惜歡回身，袖掃寒雪，笑意不辨喜怒，道：「高祖至今六百餘年，舊制當破，新政當興。」

「這、這……」眾臣皆驚，不肯甘休，「祖制乃先祖所定，怎可稱舊制？我朝以孝治國，陛下教化萬民，當為表率，如此輕忽祖制，實非明君所為！」

暮青頓時面冷，說此話者位列九卿，乃司掌諸侯及少數民族事務的大鴻臚，姓范名高陽，亦是朝中議和使團中的人。九卿乃朝中正卿，與外卿相比皆出自門閥大族。但即便門閥士族勢大，臣就是臣，當眾指責帝王，此人也真是不將帝王放在眼裡。

「哦？」步惜歡不怒反笑，俯身時面容覆上層陰沉之色，不怒亦懾人，「愛卿難道不知，朕本就是昏君？」

范高陽一愣，步惜歡已長笑一聲，直出了縣衙。

縣衙門口百姓們見帝王緩步而出，皆自發地讓開。

「吾皇聖明，萬歲！萬歲！萬萬歲！」

高呼之聲仍存，大雪如鵝毛，覆了長街，步惜歡走上長街，百姓分如潮水。只見如鴉人頭分作人字，路上有人獨行，雪路，鮮衣，衣袂獵獵如畫。

他行得緩，卻也漸漸去得遠了。

這日，暮青等人跟在步惜歡身後出了縣衙回了客棧，范高陽等人卻在縣衙內不敢出去，直到百姓都散了才敢偷偷出來，由龍武衛護著回了福順客棧。

元修因撫恤銀兩之事關在房中半日未出，到了傍晚跟店裡要了罈酒去敲暮青的房門，才被告知暮青出去了。

楊氏家住城北，一間獨院兒，頗為偏僻。

暮青來時正值傍晚，楊氏一家有些詫異，但還是將她請進了屋。

暮青直道來意：「夫人捅了撫恤銀兩一事出來，可想過日後一家人恐難以善終？」

崔遠驚道：「聖上和大將軍不是都說要徹查此案？那些狗官自身難保，怎還會有心思來對付我家？」

暮青看了崔遠一眼，這少年斯文清秀，一身書卷氣，論世故圓滑，他與韓其初差得遠，但這只因他尚且年少閱歷淺薄，而非蠢笨迂腐。他今日救母，奪罪狀衝縣衙是為勇，讀罪狀煽民心是為謀，有勇有謀，又是孝子，實乃人才，若能稍加歷練，日後定可擔當大任。

朝廷已腐朽，腐朽的制度必將被摧毀，刮骨療毒，割肉換血，提拔寒門子弟是朝廷改革必行之事，那時再招賢納士不如現在就培養可用之才。

這便是她今日來此的目的。

楊氏知道事情鬧大了，也想著舉家離開奉縣，只是知縣剛被革職收押，朝中要再派縣官來，許還需些日子，他們一家的戶籍在奉縣，新知縣不來，戶籍難遷，路引難辦，能去哪兒？再說，朝廷昏庸，狗官遍地，只要官府的戶籍公文在，他們一家遷去哪兒不得被那些狗官找到？

「夫人一家明日隨我一同進京，唯有跟在西北軍裡才能免於被害。」

「這……」楊氏不敢相信有這等時運，她忙起身道：「民婦多謝將軍，若能跟隨將軍進京自是民婦一家的造化，可將軍今日已幫了民婦一家，若再帶我們進京，將軍難免在朝中成為眾矢之的，民婦一家雖想活命，卻不想坑害恩人。」

「我若查此案，定會成為眾矢之的，幫不幫夫人一家都一樣。當然，此事自是由夫人決定，我尊重夫人的意願。明日聖駕就啟程了，今夜夫人可考慮一二，是去是留望明日一早給個信兒。」暮青說完便起身準備告辭。

「瞧將軍說的，民婦也不是那矯情人。將軍既如此說了，民婦就應了，只是不能跟著將軍白吃白住，若將軍不嫌棄，日後民婦可在府上做些粗使活計。」她雖是廚娘，但暮青是江南人，未必吃得慣越菜。

朝中有建立水師之意，暮青想來是要在盛京住些年頭的，那麼開府是必然的，她身邊的可信之人太少，楊氏若進府去，倒也不失為一個可用之人。

暮青允了楊氏所請，楊氏大喜，忙將兩個女兒喚進屋來，一同給暮青磕了頭認了主子。

楊氏一家尚有行囊要收拾，暮青說完正事便告辭了，剛出門便見元修立在門口，不知來了多久。

元修道：「還是妳想得周到。」

門雖關著，隔著院子，但屋裡的話他依舊能聽得清。

「大將軍屬兔的？」暮青問。

元修英眉微挑，沒聽懂。

「耳朵長。」暮青淡道，轉身便走。

日色西沉，晚霞一線，少年踏雪而去，大氅翻飛，殘雪隨風，雪沫撲在身後男子臉上，微涼。

元修抹了把臉，笑了聲，憋悶的心情忽然消散了許多。

與其憋悶，不如多做些事！

待回朝中，他倒要看看是哪些人敢動他西北軍將士的撫卹銀兩，這十年殺夠了外敵，不妨殺一殺內賊！

次日，天剛破曉，聖駕便準備啟程。

城外的五萬新軍不進城，已於昨日繞奉縣而過等候在北門外，迎聖駕北上。

客來居門口，鑾駕已備，暮青策馬近前道：「可以出發了。」

話音剛落，鑾車裡便傳來一道慵懶笑音，懶洋洋的似未睡醒：「愛卿來了？」

「嗯。」暮青瞥了鑾車一眼，忽然一愣，皺眉便來到鑾車窗旁問：「陛下可用過早膳了？」

「用過了。」窗關著，只聽裡頭聲音含笑，似與往常並無不同，窗縫兒裡卻隱隱有些清苦氣味傳來。

甘松香！

暮青心一沉，道：「陛下，楊氏半夜包了素包，剛蒸好還熱著，囑咐臣帶來進上。」

鑾車裡無聲，過了會兒，聽裡頭嘆了聲，道：「那愛卿送呈進來吧。」

暮青俐落下馬，進了鑾車。

鑾車裡四面錦繡，駝絨鋪地，雲龍盤絲銅爐裡燒著火炭，爐壁微紅，暖意融融。爐旁伴一香爐，嫋嫋香絲半遮一人，那人臥在軟錦裡，銀狐袖口裡手腕如雪，執著卷泛黃古卷，容顏隱在香絲後，有些模糊，卻被那殷紅的華袍襯得些許蒼白。

暮青關上鑾門，挪過去問：「何處有痛症？」

步惜歡在行宮時便常薰甘松，在西北邊關時沒見他薰，怎到了奉縣又薰上了？甘松可是理氣止痛的，他可是何處有痛症？

步惜歡笑問：「素包呢？」

「沒有。」她只為尋個理由進來瞧瞧。

步惜歡往暮青懷裡一瞥，眼神勾人，「還以為妳將包子捂在懷裡熱著呢，若如此，倒真想嘗嘗。」

暮青面色沉寒，問：「究竟何處有痛症？」

「何處都痛，要不妳來揉揉？」步惜歡放了古卷，倚去軟枕裡，含笑望著暮青。旁邊一只梅瓶，早梅簇簇，一片暗影落在眉宇，顯得有些青暗。

「你能正經些嗎？」暮青皺眉。

步惜歡笑了笑，果真正經了些，問：「怎知我身子不適？」

「窗子關著，你話也只問了一半，鑾駕內又薰了甘松，加上昨夜沒來，我若不知你有事，來的定不是我。」

步惜歡幾乎夜夜來為她擦止血膏，昨夜沒來，她以為是縣衙裡的事給他添了心事，因此並未多想，但今日一見鑾駕她便知事有不對。

這一路上往盛京去，西北軍將領在前開路，其後是聖駕、朝臣車駕和五胡使節團，旁邊由御林衛和龍武衛護著，後頭由西北五萬大軍跟著，每日都要檢視一遍才能啟程，每當她到鑾駕前與李朝榮交代公事時，鑾車總是敞著半窗，總有人風雪不誤地問：「愛卿來了？可願隨朕乘車？」

今兒窗子關著，話也只問了一半，豈非不同尋常？

「怎不宣太醫？」暮青問。

「怎知未宣？」

「若宣過御醫，車輦裡怎會無藥香？若知你病了，外頭隨駕的御醫和宮人怎會一個個神色如常，毫無慌張神色？」那些御醫和宮人可不是朝官，敢不將帝王放在眼裡，他們神色如常只能說明壓根就不知帝王病了。

步惜歡捏著暮青的手心，嘆道：「隨行的宮人裡若有妳這般聰明的，定是不能留的。」

「何意？此事你瞞著人？」

「知者甚少。」

「何疾？」

「舊疾。」步惜歡垂著眸，梅花剪影落在眸底，一片晦暗色，「幼時練功落下的，御醫也治不得，天下唯一人有方醫此疾。」

「何人？」

「巫瑾。」

暮青疑惑地看著步惜歡，她並未聽說過此人。

「此人乃南圖國的質子，其母為圖鄂一族的聖女，精於醫毒蠱三術，如今人在盛京。」步惜歡道。

南圖國乃大興屬國，與江南滇州接壤，此國原為大圖國，奉神權為尊，後不知因何事分裂為兩國，皇族治五州，稱南圖國，依附於大興；圖鄂一族治四州，稱圖鄂，仍信奉神權。

此國有些神祕，暮青只從一些地理雜記中讀過，爹出事前，她連大興國事都懶得放在心上，自不知南圖國有位質子在盛京，還是如此一位能人。

「此疾乃練功所致，偶有心脈沉痛之症，巫瑾開的方子，甘松只是味引子，我常年薰著，倒是有些年頭未犯了。這回出來得急，以為停些日子無妨，到底還是停得久了些。」

鑾駕穩穩行著，香絲飄搖，男子鳳眸半瞇，面色蒼白，意態比往日還懶。

暮青問：「巫瑾既精於醫道，難道沒有根治此疾之法？」

「有。」步惜歡嘲諷一笑，「但此藥在圖鄂，圖鄂鎖國已有百年，外人難入。我如今去不了圖鄂，巫瑾乃南圖質子，更出不得盛京。」

「巫瑾的娘親不是圖鄂聖女？」話雖如此問，暮青心中卻隱約覺得事情沒那麼簡單。大圖分裂已久，南圖與圖鄂勢不兩立，理應不通婚才是。可巫瑾是南圖國皇子，即是說南圖國君與圖鄂聖女有情才生下了他。巫瑾在南圖皇族定是個被排擠的皇子，不然不會被送來大興為質，而圖鄂聖女與南圖國君有染，又會如何？想必此事不會善了，不然身為族中聖女，幫親子尋味藥應是不難的。

「此事乃巫瑾之忌，我亦不甚清楚。尋藥如今倒是不急，此功未臻化境，有藥也難醫，待臻化境後才可醫治。」

暮青對內功無甚了解，只問：「那你離化境尚有幾重？」

步惜歡笑道：「一重。」

暮青不說話了，步惜歡的身手也是成謎，他六歲入宮，在宮裡事事身不由己，太皇太后怎會允許他練功？且他這身功法應頗為厲害，從哪裡學的，何時學的？

暮青想得出神，忽覺鑾駕停了下來。

車外傳來李朝榮的聲音：「陛下，前方奉縣百姓跪送聖駕！」

奉縣北門，百姓跪滿了長街，步惜歡從車上下來，舉目遠望，難見盡頭。數十位老者相攙跪在前頭，高舉彩綢大傘，道：「奉縣無父母官，草民幾個代奉縣百姓跪送聖上，此乃一縣百姓昨日趕製的萬民傘，望送與聖上，願吾皇萬歲，安康長健！」

「吾皇萬歲，安康長健！」百姓山呼，聲震長街。

「奉縣地貧，除了萬民傘，不知還有何物可進上，城中百姓只好昨夜清掃出了百里官道，盼聖上回朝，一路順坦。」山呼聲落，老者又道。

北門緩緩打開，現一條平坦官道，萬軍列在林中等候聖駕，雪被掃去了另一旁的林溝裡，官道上只見黃土，少見白雪。

「盼聖上回朝，一路順坦！」百姓伏地，山呼不止。

步惜歡望著長街官道之景，袖口一攏，深深一揖。

百姓跪在地上，未看見躬身一拜的帝王，帶頭的老者將萬民傘交給宮人便帶著百姓讓出一條出城的路來。

路剛讓出來，忽聞鑾駕後有馬蹄聲來！

馬踏長街，未聞蹄鐵聲，只聞烈馬嘶鳴，一聲衝雲霄！

步惜歡轉頭，鑾隊亦紛紛回頭，只見一神駿白馬奔來，疾如白電，不見馬蹄！那馬到了鑾駕跟前，揚蹄長嘶，蹄踏青石長街！

嚓！

馬蹄落下，馬嘶鳴一聲，對著步惜歡一甩頭，望向北門，馬蹄急急踏著地，打著響鼻催促。

李朝榮面有嘆色，這馬好通人性！

這馬與陛下有一面之緣，事後被放回了草原，後來在五胡使節進關時，不知怎的又回來了。

那日嘉蘭關城門一開，這馬當先馳入城中，聖駕回京時，牠便一路跟在了後頭。牠性情烈得很，明明跟著陛下，卻不親近陛下，陛下便傳旨不得驅趕，牠願跟便讓牠跟著。

本以為牠會這麼一路跟去盛京，沒想到今日近了鑾駕，也不知怎的改了性子。

步惜歡一笑，明瞭馬意，道：「卿卿稍安，無險。」

那馬聞言打了個響鼻，左右瞧了瞧，馬蹄依舊急急踏著地。

步惜歡笑意更深，定是昨日和方才城中百姓高呼之聲驚了牠，讓牠以為他有險才來救他出城的。昨日城門關著，若開著，想必昨日就來了。

「當真無險，不過你若是想帶朕看看越州風光，朕也是樂意的。」步惜歡笑道。

卿卿聞言又左右瞧了瞧，待真的感覺無險，這才噴了聲響鼻。那響鼻噴得頗為不屑，顯然是不樂意，自甩著馬尾，踢踢踏踏地出了城門，只留給鑾駕一道神駿的背影。

步惜歡失笑，回了鑾車，不多時鑾駕便再次啟程了。百姓相送，長長的鑾駕隊伍緩緩出了城去，踏上了回京之路。出了越州，行三百里便是盛京。

聖駕在奉縣耽誤了一日，一路緊趕慢趕，行了半個多月，終於在過年前一日抵達盛京。

第四章

真假使節

大興建國六百餘年，高祖以汴州為根基打下天下江山，後定都盛京。

晨陽初升，白雪皚皚覆了城壕，萬丈金輝裡坐著巍巍古城。

天剛破曉，城門便開了，錦毯鋪過金橋，迎將士披甲凱旋！

元修率文武衛將軍、前後左右四將軍、偏將與中郎將共十名將領，領親兵五千穿戰袍騎戰馬，過金橋，進城門，入長街！

長街上百姓如潮，龍武衛執腰刀列兩旁，茶樓酒肆、銀號當鋪、客棧雅莊，皆被擁擠的百姓堵得看不見了門臉。臨街窗子皆關著，窗後卻見人影綽綽，淡淡的脂粉香自窗縫裡飄出散入長街，只為尋那十年春閨夢裡人。

那人端坐神駒之上，簪螭虎雪冠，穿鮮袍銀甲，挽神臂烈弓，長弓殺氣凜，銀甲雪霜寒，映那人眉宇星河朗朗，乾坤坦蕩。

那人身後，猛將相隨，面龐如刀刻，目光藏劍，威凜如虎，唯後方一員小將略顯單薄。那小將舞象之年，簪蒼鷹雪冠，穿白袍銀甲，踏鷹羽戰靴，不過少年郎，卻披五品甲！少年跟隨在末，身雖單薄，氣度卻如莽莽北原裡扎根的青竹，清卓堅毅，不可摧折。

少年身後，五千精兵相隨，馬踏青石，軍容齊整，甲胄寒徹，腰間長刀未出鞘，風裡卻似有殺音。

長街寂寂，百姓無聲，原為看熱鬧而來，如今卻人人繃著心神，大氣不敢出。

風蕩長街，將士還朝，如一把出鞘利劍，蕩盡六百年古都富麗靡靡，豁開一路沙場征戰波瀾壯闊。

西北軍！

戍守國門的戰神們，得勝歸來！

沿街百姓無人出聲，不約而同地以靜默目送將士們入城門，過長街，走荊道，鞭炮未響，獅龍未舞，戲班未唱。這一日，盛京原本該有的熱鬧場面皆未有，只因無人想堵住將士們還朝的路。

宮門前等候的禮部官員迎到人時頗為詫異，時辰竟比預計的早了不少。

列高階之下。

將士下馬，東門大開，元修率五千將士入東門，過景門，上乾華門廣場，

有宮人自乾華殿出，手捧聖旨高聲宣誦，宣聖上仁德，頌邊軍之功，十年

之功，一一細數，將士跪聽，高呼精忠報國誓。

聖旨宣誦罷，宮人將聖旨奉去一旁，此道頌功之旨今日將同封賞的聖旨一

道兒八百里加急送往西北邊關，下到仍在邊關鎮守的將士們手中。

「宣西北軍將領進殿——」

宮人長聲喝報，元修率眾將士謝恩起身，五千精軍立於廣場，將領隨元修上玉階，步步登高，披甲入殿！

殿中天子高坐，百官肅列，眾將領入殿而拜，宮人將聖旨一展。

啪！

將士垂首，聽封！

「西北軍大將軍元修，固關城，戍邊防，外抵胡虜，內剿馬匪，定國安邦，忠烈蓋世，封一等鎮軍侯，賜良田萬畝，金銀萬兩。」

「西北軍鎮國將軍顧乾，忠君報國，戍邊半生，封一等忠勇伯，賜良田萬畝，金銀萬兩。」

「西北軍驃騎將軍魯大，英武果敢，勇冠三軍，封二品鎮西將軍，賜良田三千畝，金銀三千兩。」

顧乾和魯大等西北軍將領皆未還朝，封賞聖旨當殿宣讀後還要加急送往邊關。十年戍邊，西北軍將領皆有封賞，宮人宣旨之聲如潮，一波接著一波，傳出金殿，廣場上空如聞雁鳴。

「西北軍左將軍王衛海，封三品平西將軍，賜良田千畝，金銀千兩。」

「西北軍右將軍趙良義，封三品安西將軍，賜良田千畝，金銀千兩。」

……

封賞按品級自高而低，先封了西北軍老軍將軍，再封新軍！

新軍六月徵自江南，九月抵達邊關，至今半年時日，多於石關城內練兵，小規模參加過邊關戰事，有功者尚不足以封將，卻有一人出身寒微，短短半年時日，受封五品！

此人此時正在殿上！

那人跪於最末，恭肅垂首，不見面容。

宮人執旨，不知是念久了嗓子疲累還是口乾，竟破了嗓音：「西北軍英睿中郎將周二蛋！」

嗓音一破，分外刺耳，百官皆似被這尖利之音刺著，齊齊蹙眉，先望跪著的少年將軍，再望那宮人，皆以為聽錯了。

「西北軍英睿中郎將周二蛋，斷奇案定軍心，破機關救新軍，戰馬匪護百姓，入敵營救主帥，實乃智勇雙全，無愧英睿之號！封西北軍左將軍，賜良田百畝，金銀千兩，欽此——」

封將聖旨就此讀罷，眾將領旨謝恩，帝道平身，眾將起身，百官齊望暮青。

只見少年蠟黃面色，粗眉細眼，難以想像如此平平無奇之貌，卻做下諸多驚世之事。

半年時日，一介賤民自邊關至盛京，金殿受封，官居四品！

此例莫說寒門未有，士族也未有之！

百官矚目，暮青肅立，面無表情。

今日受封之職不出韓其初所料，聖旨中未提水師之事。

昨夜新軍便在城外三十里駐紮下了，朝中為新軍安排好了新營，夜裡韓其初曾來帳中獻計，稱京中望族定為江北水師都督一職爭得厲害，江北有外三軍，盛京有內二軍，各門閥世家在軍中皆有勢力，多年來已相互制衡。水師若落入其中一家之手，平衡必破，是而水師都督一職朝中必會謹慎處之。

她若想謀此職，有兩利——出身微寒朝中無勢，江南出身頗識水性！

她在朝無勢便是最好的人選，一來各門閥世家間的制衡可不破，二來無勢將軍易掌控，用也無憂，罷也無憂。且她是江南人氏通識水性，是絕好的練水師人選，因此只要不爭，莫顯露出雄心壯志來，水師便是將軍的囊中之物！

今日她剛還朝，元相國對她知之甚少，尚不放心，以她昨夜和韓其初的推測，今夜宮宴才是考驗。

早朝時辰並不久，眾將平身後，帝王又親口表彰了一番西北軍戍邊的功績，每彰一功，眾將都得跪謝聖恩，呼精忠報國誓，禮節繁瑣。暮青跪跪起起，礙於宮禮不曾抬頭，連龍袍衣角都沒看到。

下了朝後，元修跪向一人，道：「孩兒不孝，見過父親。」

暮青望去，見一老者負手立於元修面前，竟有花甲之年，絳紫盤領仙鶴華袍，兩鬢含霜，目光威炯，正是元相國！

父子十年未見，再見時身在朝堂。元相國只是微微頷首，元修稟明要先出宮給軍中將領安置住處，晌午再回府，便與暮青等人一起出了宮去。

盛京分內外兩城，外城住著百姓，內城擁著皇宮，王侯公卿、士族京官府邸皆在內城。

暮青在邊關受封時曾被賜了座宅子，地契房契都已給她了，宅子在內城南街上，鷺島湖附近。

鷺島湖乃城南一景，兩岸有桃林，湖心有島，春賞桃花，夏賞白鷺，秋品蜜桃，冬賞湖雪。南街的宅子並非有銀兩便能置辦得到，不是宮裡賞的，便是王侯公卿府邸，也有些是士族高門置下的外府，用以小住賞景的。

暮青的宅子三進三出，面向鷺島湖，宅中有閣樓，登高臨窗便可賞湖景，後有小園，宅子不大，比不得五進、七進的大府，卻勝在幽靜精緻。

府中一應家具都是齊全的，連古董花瓶等擺設都是現成的。後園的景致打理得也好，住進府便可，顯然是步惜歡早就安排好的了。

趙良義等人在盛京無宅子，元修倒有座宅，掛上侯府的匾額就能住人。他見暮青安頓好了，便安頓其餘人去了，走時約好了傍晚來接暮青，同去宮裡。

閣樓裡有些醫書，暮青中午睡不著尋醫書來看時愣了愣，醫書多是古卷，有幾本頗為眼熟——她曾看過，在汴河行宮時。

也只有步惜歡的心思這般細，知道她初進新宅睡不踏實，特意備了醫書，連她在行宮時看過哪些醫書都記得。

暮青看了一下午的書，元修來時晚霞正濃，紅了湖天林雪。風從湖心拂來，閣樓下立著的男子鮮衣甲冑，衣袂沾了院中雪。

暮青出來時皺眉問：「你受傷了？」

好濃的止血膏和白藥味兒！

「沒事！跟老爺子因家事吵了幾句，挨了幾鞭，傷勢不重，跟軍棍比起來不過撓癢癢！」元修朗聲笑道，不欲多言。

晌午時他回府拜見了爹娘，爹傳他到書房議事，卻問起了周二蛋之事。

爹竟知道汴河行宮曾封過一位周美人，後來失蹤疑似死了。得知此人出現在他軍中，便懷疑是聖上安插在軍中的人，斥責他用人不清，因派去汴河的人查不到細情，便向他詢問她的情況。

她是女兒身，有些事不能對外說，他只解釋了幾句，告訴爹她並非聖上之人，其餘事不肯多說，爹被氣著，後又因朝事、家事與他起了爭執，一怒之下便動了家法。

暮青自知不便多問，見元修面色不見煞白，瞧著傷得不重，這才作罷，一同去了宮中。

到了宮門時天色已暗，宮宴在文淵殿上，席開兩面，一面數排，兩面首列席位安排的都是王公九卿、一品重臣。

依官品，暮青坐於末席，挨著趙良義等西北軍將領。

百官已到得差不多了，除了五胡使節團，還有首排一席空著。

那席上不知何人，如此晚了還不來。

正想著，忽聽殿外宮人一聲唱報！

「瑾王爺到——」

殿中燈火熒煌，暖輝燭地，照見殿外一人徐步而來。

殿中笑語頓失，百官齊望殿外。

暮青細凝殿外，見來人入得殿來，通身罩在雪貂大氅裡，寒風拂進殿來，半殿藥香。

暮青聞見那藥香頗濃，與她在江南家中時身上帶著的藥包氣味迥異，不由屏息細辨。這時，見來人摘了風帽，那人竟未束冠，墨髮鬆繫，容顏半低。宮燈照亮那容顏，見者屏息，皆似見暖春天兒，清風溪谷，梔子漫山，世間景致萬千，巷陌之景難比此人，唯世外山水可比一二。

清聖，這便是暮青初見巫瑾的印象。

今夜雪細，風帽上沾了雪粒，巫瑾解了大氅，氅衣之下雪袍廣袖，身在北國多年，卻依舊不失南國之美。

巫瑾抖了幾下大氅，又披回了身上，殿中生著火盆，唯他披著大氅入席，像是頗懼北國嚴寒。

巫瑾的座席挨著五胡使節，剛坐下，殿外宮人報唱之聲便入了耳——

「五胡使節到——」

只見一行編著髮辮戴著彩珠、穿戴花裡胡稍的異族人走了進來。為首之人一身墨色寬腰大袍，衣襟袖口滾著雪狼毛，左耳戴鷹環，腰間掛彎刀，眸深如淵，左臉傷疤壞了英俊的容貌，卻添了三分冷血殘酷。

那人進殿，往殿內一掃，文武百官皆有被狼盯住之感。

狄王，呼延昊！

呼延昊身後跟著個三歲孩童，藏青袍金馬靴，兩條髮辮間編著彩絡寶珠，小臉兒半低，進了殿也不看人，宮燈照著，臉色有些白。

這孩童便是狄部大王子之子，呼延昊奪權屠殺那夜倖存下來的小王孫呼延查烈了。

兩人身後跟著勒丹、烏那、月氏和戎人使節，每部三人，皆耳穿大環，手戴金銀，襟前掛著彩珠，腰挎彎刀，雄風凜凜，粗獷剽悍。

呼延昊進殿便尋暮青，暮青瞧也不瞧他，倒是看了那孩童一眼。

五胡使節入席後不久，聖駕便到了。

使節起身，百官跪迎，片刻後，御座之上傳來一道懶洋洋的聲音：「諸位愛卿，平身吧。」

百官謝恩平身，恭立垂首在席後。

「今夜除歲，朕宴眾卿，君臣同樂，不必拘著，入席吧。」

絲樂起，彩衣宮女纖步入殿，宮人捧膳紛入，暮青抬眼，見燈火熒煌，明珠照殿，芳樽蘭麝，清歌雅韻。一人在御座之上，深緋裡衣，淺黃龍袍，臨高望來，人如畫，明豔容冶，貴不可言。

兩人隔空相望，暮青見步惜歡往御座一側斜著一倚，托著下頷笑望她，眸光在金殿燈火裡顯出幾分朦朧迷離。

暮青默默低頭，這角度是挺好看的，但是秀色可餐不代表真能當飯吃，面前有飯菜，還是開席吧，餓了。

步惜歡低頭，掩了眸底濃沉笑意，慢悠悠舉起金樽道：「今夜諸位胡使在，朕宴百官，議和之事且待年後。今夜除歲，朕便與諸位飲上三杯，願國泰民安。」

百官起身舉杯，歌舞清雅，明珠生輝，年輕的帝王執著金樽，酒光晃著眉宇，叫人看不真切。

奉縣一事早已傳入朝中，陛下在縣衙裡那一番話早已在天下傳開，那帝王之言與這些年來的荒誕無道大相逕庭。

有人不解，當年虐殺宮妃，舉朝皆驚，後來行宮廣選美男，至今盛京宮中的宮妃都封一人死一人，這等暴君之態怎去了趟西北便成了明君？

有人心如明鏡，但依舊不解，元家勢大，野心勃勃，昏庸不過是作態，自保而已。元家乃開國之臣，頗重家聲，不肯擔那亂臣賊子篡朝之名，才隱忍多年未曾起事。若君王昏庸暴虐，不得朝臣百姓之心，多年不改且荒誕愈重，倒可藉此廢帝自立。若君王乃明君，勤政清明，如何篡朝自立？

陛下年幼登基，先帝在時其父恆王便是庸懦之人，沉迷酒色，先帝曾屢斥恆王乃庸人。彼時立儲一事朝中爭執不下，各皇子派相鬥，大有你死我活之勢，恆王這等不為先帝所喜的皇子自無人擁護，是而陛下登基之時在朝中並無恆王的親信可用。

六歲孩童，身處帝位，舉目皆敵，只得先求自保。小小孩童，那時便能看透元家之心，順應局勢隱忍靜待，陛下實乃睿智之人！

但那又如何？

陛下即便有明君之能，怕也難以撼動元家之勢，皇權相權實力懸殊，朝中百官皆出於士族大姓，百年興盛，數代富貴，有誰願賭上一族興衰、九族性命冒險輔佐帝王？

元家若廢帝自立，除了步家子孫，公侯門庭皆可自保，不過是換一朝。如若從龍，陛下敗了，新朝定不容舊朝忠臣。

陛下此時才顯露明君之能，不過是死前一搏罷了，說到底終究是徒勞一場。

滿朝文武望著御座，糊塗人面露不解，明白人面色微嘆。其中有一人，紫冠玉面，墨狐大氅，眼下微青，一副沉迷酒色之態。其眉眼與步惜歡有著三分相似，笑起來眼角已生魚尾紋，應是四旬年紀，瞧著卻不過而立之年，保養甚佳。

暮青瞧著，覺得此人應該便是步惜歡的生父恆王了。

恆王笑端酒盞，只顧盯著翩翩起舞的宮女瞧，他身旁坐著世子步惜塵，亦是紫冠玉面，松墨狐裘，眉眼更像恆王些，瞧年紀應比步惜歡小些，只是眉眼間神色有些陰鬱。

步惜塵望了步惜歡一眼，看著那御座龍袍，杯中酒液晃著陰沉的眉宇，別有幾分難辨之色。

巫瑾不飲酒，只端了茶盞，笑意溫淡，似這滿殿不同樣的神態心思皆與他一屬國質子無關。

這時一人高聲問道：「大興皇帝，皇宮裡的酒是不是比驛館裡的好喝？」

說話者是勒丹使節，勒丹有使節三人，為首的是勒丹第一王臣烏圖，其餘兩人一為神官，一為勇士，說話者是勒丹勇士多傑。

多傑在勒丹語裡乃金剛之意，此人生得虎背熊腰，鐵臂石拳，體態確如金剛。

多傑灌了口酒，剛入口他便噴了出來，一臉嫌惡之色，道：「這也叫酒？馬尿！」

那一口酒噴出老遠，濺溼了殿中獻舞的宮女的彩裙，那宮女目露驚惶，舞步微亂，卻不敢停，只忍著繼續跳。

步惜歡搖了搖金樽，含笑淺嘗了一口，漫不經心道：「朕登基四年時十月十五，當時還是勒丹大王子的勒丹王曾率軍襲擾西北邊關，兵敗逃入大漠，殺馬飲血才逃回了部族，聽聞在大漠時勒丹王就曾渴飲過馬尿。朕雖不識此中滋味，也知勒丹部族世代居於烏爾庫勒草原以北，冬日嚴寒，常以烈酒驅寒。奈何我大興建國六百餘年，至朕這一朝已是國泰民安，盛京冬日嚴寒，朕居於暖殿，倒未曾試過以烈酒驅寒，倒是時常品酒。春酒清甜，夏酒沁涼，秋酒苦澀，冬酒醇和，宮中御釀皆乃人間極品，朕心靜時才品，心不靜時也是不碰的。」

一席話慢悠悠說罷，殿中只聞絲樂妙音，不聞人聲。

有人呆木，有人心驚，有人叫絕！

呆木的是多傑，他大興話說得不好，不怎麼聽得懂，只覺腦子裡嗡嗡作響，被繞得頭暈。

心驚的是元黨的朝官，先帝駕崩後，新帝年幼，五胡虎視眈眈，常有襲擾邊關之事，特別是元修從軍西北之前，襲擾之事頻繁得就像夫妻吵架，三天兩頭。元隆四年時胡人哪月哪日何人領兵來犯、邊關如何禦敵、戰況如何、結果如何，大概只有史官說得清。陛下那時才十歲，竟然連何年何月何人都記得住？

叫絕的是一些對朝事持觀望中立態度的公侯，陛下這話既打了胡蠻的臉，又長了自己的臉，還不失風度國體。

這番話的尺度把握得頗好，只指名道姓譏諷了勒丹，卻未譏諷其餘四部，是而此時四部中有聽得懂這番話的胡人並未有惱怒之色。

百官神采飛揚，就差撫掌叫好。

暮青皺眉看了步惜歡一眼，囉嗦！罵個人還拐彎抹角，那麼多話，人家一句沒聽懂！

多傑沒聽懂，但烏圖聽得懂，他給多傑翻譯了幾句，多傑頓時大怒道：「大興的酒軟趴趴的，就像大興的兒郎，沒骨頭！」

百官的臉頓時又拉長了。

「大興西北邊關三十萬兒郎打得你們十年未叩開邊關大門，有沒有骨頭不憑你的嗓門。」暮青冷聲道。

多傑怒目瞪向暮青。

「大興沒骨頭的是那些把你們請進來的人。懼戰之人不堪為男子，不配稱兒郎！」暮青接著道。

一句話把主和派都給罵了，滿朝文武的眉頭皺得死緊，那些拉長的臉從腦門青到了下巴。曾出關與胡人議和的范高陽和劉淮等人恨不得拂袖出殿，此生再不要見到暮青。

呼延昊大笑，對多傑道：「多傑，你說不過她的，她的嘴巴是本王見過最毒的，比草原上的彎刀還要殺人！」

多傑不領情，倨傲道：「女奴所生的賤子不配跟本勇士說話！」

呼延昊的笑容冷了不少，添了殘忍殺意。

多傑拒絕再喝大興的酒，他解了身上的酒囊，將御酒潑了出去，又將酒囊裡的酒倒了出來，一連飲了三盞。

步惜歡只笑了笑，舉杯示意百官，連飲了三杯後，宮宴便正式開始。

歌舞清雅，宮人穿梭在殿中斟酒布菜，無人再提方才的不快。但宮宴也就進行了一刻鐘的工夫，便聽有人噗的一聲！

五胡使節呼啦起身，宮女驚呼，絲樂頓停，只見多傑仰倒在殿，桌上吐了一攤穢物，掐著脖子呼哧呼哧大口喘氣，沒喘上幾口便瞪著眼沒了聲兒。

勒丹王臣烏圖探了探多傑的鼻息，大驚！

「多傑！多傑！」烏圖以勒丹語急呼，神官布達讓急探多傑的鼻息，口中念念有詞，好似神咒。

巫瑾離多傑不遠，見此便要去查看，卻有一人將他擋住。

呼延昊！

呼延昊笑容冷酷，惡意森森。

只這稍一耽擱的工夫，布達讓念著的神咒便低緩了下來，最終以三指在多傑額頭一撫，道：「天鷹大神召喚了部族金剛。」

死了？

烏圖怒道：「大興人殺了我們部族金剛！」

百官驚起，元相國沉聲對殿中聚著的宮女們道：「退下。」

「誰也不能出殿！」這時，一道清音傳來，暮青離席快步走向了對面。

烏圖和布達讓一臉戒備神態，緊張之下衝口而出的皆是勒丹語。

呼延旲咧嘴一笑，樂得翻譯：「他們說，大興人殺了勒丹的金剛，不允許大興人靠近。」

「那你跟他們說，此地乃大興皇宮，允不允許不由他們說了算。」暮青吩咐得理所當然。

「你把本王當傳話的？」呼延旲挑眉。剛才是誰自己傳話的？

這時，元修道：「此地乃大興皇宮，允不允許不由你們說了算。」

呼延旲的臉上頓罩陰霾，惡狠狠瞪向元修。元修以勒丹話與烏圖和布達讓交涉了幾句，兩人雖仍憤怒戒備，但都不再說話，他這才對暮青道：「你去看看。」

暮青到了跟前，見桌上一攤嘔吐物，多傑倒在桌後，雙手掐著脖子，兩眼微凸，脣甲發紺。

暮青道：「殿裡桌上之物都不得動，拿只新碗來，盛上水。」

步惜歡看了范通一眼，范通親自到偏殿尋碗和水去了。

宮女們退到了殿後，大殿中央明闊了起來。只見暮青先將多傑扼住頸部的雙手掰開，將頭部轉向一邊，探過他的頸脈後便細瞧多傑的臉，也不知在瞧什麼，隨後竟抬手壓向多傑的眼瞳！

百官吸氣，烏圖和布達讓驚怒道：「大興人竟敢侮辱我族金剛！」

「英睿將軍竟當殿辱屍，行此不道之事！」翰林院掌院學士胡文孺大聲斥道。

「誰告訴你此乃屍身？」暮青冷聲問。

百官皆愣，此言何意？

「我有說過人死了？」暮青細細觀察多傑的眼瞳。

「勒丹兩位使節說人已死了！」

「他們是仵作？」

「自然不是！」仵作雖是賤役，五胡蠻夷之地卻連仵作這等賤役也沒有。

「既然不是，他們說人死了，你就信？」

胡文孺當殿噎住。

這時，范通取了碗來，暮青接過放到了多傑的胸口上，觀察了會兒水面，面色忽變！她迅速將碗拿開，抬起多傑的下頜，以手指探入其口中摳其喉部，又將其翻過來俯臥在地，拍背壓腹，好一陣兒折騰，只聽嘔的一聲，暮青再將人翻過來時，多傑睜著的眼已緩緩閉上，地上留下一攤穢物，人卻可見微弱呼吸之態。

「這、這……」滿朝文武皆驚！

死了的人又活了？

烏圖和布達讓瞠目結舌，烏圖驚道：「桑卓神使！」

草原五胡皆信奉天鷹大神和桑卓神山神湖，他們皆稱自己部族的王是天鷹大神的使者，稱王后為桑卓女神，王有生殺予奪之大權，王后則受部族百姓愛敬，相信其有令部族繁榮昌盛甚至有讓死人復生之能，就像養育草原兒女的桑卓神湖。

暮青乃兒郎之身，說她是美麗的桑卓女神有些古怪，因此烏圖才稱她為桑卓神使。

呼延昊眸光乍亮，熾熱灼人，似欲將人吞噬。

百官同驚，多傑分明已死，卻又活了過來，這少年神人不成？

暮青抬頭看向巫瑾，問：「可否請王爺瞧瞧此人中的是何毒，可有解？」

巫瑾眸中隱有亮色，如見山澗清泉，聲若暖風，謙和道：「自當盡力。」

呼延昊一心盯著暮青，倒忘了攔巫瑾，巫瑾自襟內拿出只小巧的玉瓶，倒出顆紅色小丸，道：「勞煩將軍。」

暮青捏住多傑的下頷，迫使他的嘴張開，巫瑾將那藥丸放入，隨後拿出塊巾帕來搭在他腕上，為其把脈。

暮青見此挑眉，這人有潔癖？

巫瑾把好脈後，命人將多傑挪去潔淨處躺著，奏請過步惜歡後，便出了大殿往御藥房去了。

「愛卿怎知人未死？」巫瑾走後，步惜歡才問道。

「生死乃大事，斷人死亡憑的是心脈和氣息，不可單憑其中之一。人死有時是心脈先停，有時是氣息先停，若是後者，興許只是假死。」暮青道。

百官詫異，假死之說真是聞所未聞！

「人有假死之態，中毒或深度昏迷者常有此態，如自縊、絞頸或遭人扼頸者，乍一探沒了氣息，瞧著像是人死了，但其實只是窒息。半盞茶的時辰內如若救治及時，人還是有可能被救醒的。中毒者亦是同樣，只要非見血封喉之奇毒，中毒死亡皆有一段漫長的過程。臣見多傑有嘔吐和扼頸之態，因此才懷疑他是窒息假死的。」

「臣壓迫過勒丹使節的眼瞳，見解除壓迫後其瞳孔即刻恢復了圓形，便知其是假死。人若是真死了，瞳孔是無法恢復原形的。臣要來置於勒丹使節胸前的那碗水，碗與水面也有微弱變化，證實人還有呼吸。因此，只需使其頭部伸直後仰，解除舌根後墜，令氣道暢通，再幫其清理口腔，將堵住咽喉的異物排出，人自然便能通氣轉醒了。」暮青道。

步惜歡笑嘆一聲，眸中流光醉人。

每當以為瞧過了她所有的本事時，她便能叫人再長一回見識。

「將軍之言聽著有道理，但勒丹兩位使節早已探過多傑的鼻息，難道尚有呼吸他們探不出來？」胡文孺問。

「呼吸太過微弱，若憑手便能感知，何需水碗，何來假死一說？」除了水碗，能用之物還有纖細的羽毛、肥皂泡沫，甚至冷卻的鏡片，暮青要水碗是因為此物最易尋得。

翰林院掌制誥、史冊、文翰之事，考議制度，詳正文書，兼備起草詔書之職，此前朝中的議和詔書就是這幫人未經帝王御准便發往西北的。胡文孺身為掌院學士，乃元相國的心腹，暮青對其不喜，便不客氣地道：「民間有言，隔行如隔山，翰林院不掌刑獄看驗之事，胡大人就莫要臆測案情了。」

胡文孺冷笑道：「將軍倒是能力卓絕，不過本官未記錯的話，將軍以前是仵作，如今可是我朝武將，查案也非將軍本職。」

「有道理。假死之人只有半盞茶的時辰能救回來，等宮裡派人去將盛京衙門裡的件作召來後，人就死透了，可以直接驗屍了。」暮青點了點頭。

胡文孺一嗆，臉色漲紅。

元修背過身去笑了聲，她總是犀利如刀。

暮青還有更犀利的：「然後接下來的故事便是五胡使節宮宴遭毒殺身亡，朝中忙查凶手，勒丹使節強烈譴責我大興朝廷，嚴正要求議和補償，隨後便是你們在朝中就同意還是不同意打口水仗，沒完沒了，一個頭兩個大。最終凶手未必能查到，笑話倒叫天下人看盡了。」

驗屍確非暮青的分內之事，但若非她發現及時，勒丹使節死在了宮宴上，後果便真會如她所言這般。

眼下人活了過來，雖然中了毒，大興有不可推卸的責任，但至少已將局面控制住了。日後議和，人沒死，朝廷也盡力救治了，即便勒丹要求補償，也要不到過分的補償。

暮青行使職責雖有越界之嫌，其功也是明眼人看得出來的。

「胡大人所言有理，宮裡沒有件作，救人如救火。但眼下人已救了，殿上有刑曹的諸位大人，查案之事就瞧諸位大人的了。」暮青道。

刑曹下設四司——提刑司、督捕司、掌計司和掌獄司。提刑司掌律法、刑案，以及覆核各地秋審命案。刑曹主官為刑曹尚書，副官為刑曹尚書侍郎，另有郎中、員外郎等屬官，此刻皆在殿上。刑曹尚書姓林名孟，攤上這等外交案子，只覺得頭都大了。

多傑毒發在金殿上，滿朝文武都有嫌疑，哪個是能得罪的？

暮青卻真的撂了挑子，回席後端起碗筷便繼續吃飯了。

元相國道：「茲事體大，人皆在殿上，何人下毒，你等查個仔細！」

刑曹尚書林孟便與一干屬官當殿查起案來。

暮青捧著碗，邊吃邊聽。

「宮宴的菜食酒茶都一樣，我等皆未中毒，五胡使者也只多傑一人中毒，毒必是下在多傑的酒菜中的。」

「多傑飲的酒乃是自帶的，如此說來定是酒中有毒！」

刑曹眾屬官頻頻點頭，直道有理。

「可酒是斟入酒盞裡飲下的，宮宴所用碗筷酒盞皆是銀器，若酒有毒，何以酒盞不黑？」

「這……」眾人沉默，皆答不出。

半晌，有人道：「多傑並非是在飲酒後毒發的，而是飲酒過後一刻左右，桌上的菜食他是吃過的，或許酒中無毒，菜食中有毒？」

「那為何銀筷不黑？」

「這……」那人也答不出了。

又半晌，有人一指桌上一道烤羊腿，眼神發亮，很是興奮，「定是此菜有問題！」

那烤羊腿已啃了大半，骨上尚能見到齒痕。此菜是宮中御廚專為五胡使者準備的，草原民族民風剽悍，吃羊腿是用手抓的，若哪道菜裡有毒，最可能的便是這道了。

林孟沉吟著頷首，「驗！」

屬官們圍去桌前，怕羊腿有毒便袖手望了眼宮人，一名太監執起銀筷扎入羊肉裡，片刻後拿出——銀筷上光亮油潤，不見一絲毒黑！

「怎會如此？」

那提出羊腿有毒的朝官有些尷尬，對林孟稟道：「大人，這些雞鴨中都可能藏毒，何不都驗了？」

雞鴨端上來時都是整的，胡蠻指不定都用手抓著吃了，凡是拿手抓過的都該驗毒。

「驗！」

於是宮人又開始忙活，片刻後，銀筷上沾了雞油、鴨油，甚至連魚腹中都探驗過了，仍不見毒黑。

菜中無毒？

酒無毒，菜也無毒，那人是如何中毒的？

眾人不解又尷尬，被滿朝文武盯著查案，有如芒刺在背。

這時，巫瑾同一名御醫回了殿中。

「啟稟聖上，解藥已煎好。」巫瑾稟了聲便與御醫去了多傑身邊，御醫當著烏圖和布達讓的面喝了口藥，兩人才將多傑扶起來，醫童慢慢將解毒湯藥餵入了多傑口中。

林孟問：「敢問王爺，勒丹使節身中何毒？」

「此毒並非一味毒草煉製，其中一味乃雷公藤，此藤生於山林陰溼處，江南及西南可見。」巫瑾笑容溫淡，遙遙望了暮青一眼。

暮青下筷的手微停，隨即繼續吃飯。

巫瑾眸光隱有異動，添了些意味深長。

「此毒草可易尋得？」
「易尋。」
林孟聽了一臉灰敗，既然易尋，那便難以通過毒草的來路查出凶手了。
「大人。」這時，那猜測羊腿有毒的人又道：「酒菜中無毒，會不會是胡使身上帶著毒？」
暮青抬眼，見那朝官年紀頗輕，松墨朝服前繡白雉，應是刑曹員外郎。從五品乃今夜宮宴最低的品級，此人卻是今晚最敢推測案情的。
林孟問：「何意？」
那人道：「下官之意是宮宴上所用的皆是銀器，凶手亦知此事，未必敢將毒下在酒菜裡。那麼，凶手會不會將毒下在胡使身上？比如衣物或是酒囊外，胡使不經意間碰到了衣物抑或拿酒囊時沾到了手上，抓食羊腿時又吃入了口中，這才中了毒。」
林孟覺得有道理，便對烏圖道：「本官懷疑多傑使節的衣物與酒囊上有毒，還請使節褪了外袍，解下酒囊，本官要一驗。」
烏圖本不同意，認為大興人讓勒丹金剛當殿寬衣有侮辱之意，但又想查到凶手，最後只得和布達讓為多傑寬了外袍、解了酒囊。

宮人將兩樣物件呈到大殿中央，放入端上來的水盆中，浸了片刻後拿銀筷探入了水中。

百官屏息，刑曹屬官們眼也不敢眨，但盯得眼都酸了，那雙銀筷竟還是不見毒黑！

「這……怎會如此？」

酒菜無毒，衣物無毒，那毒是從何處入的口？

「林大人，此事你要如何解釋！」烏圖怒聲質問。

林孟瞪了那員外郎一眼，拂袖怒道：「你惹的好事！」

那人心生委屈，一番排查下來，案情竟是查無可查，不知從何處下手了。

烏圖輕蔑地看了林孟一眼，道：「大興皇帝陛下，你的這些臣子都是草包，你還是換個聰明人吧。」

步惜歡笑問：「那你認為誰能查此案？」

「他！」烏圖毫不猶豫指向暮青，「他是桑卓神使，金剛的命是他救的，毒害金剛的凶手他也一定能查到！」

殿上忽靜，百官齊望向暮青。

暮青聽聞此言一聲不發。

「愛卿之意呢？」步惜歡問。

宮燈煌煌，明珠耀人，御座中人在富麗高處，容顏勝玉，眸光奪人，難辨真色，唯見脣角噙笑，慣常的漫不經心。

「胡大人之意呢？」暮青問胡文孺。

胡文孺拂袖怒道：「將軍何故問本官，此事當問林大人！」

暮青道：「還是先問胡大人吧，免得出了力，回頭還得被參一本。下官乃武官，不敵文官之嘴。」

她的嘴還不敵人？

胡文孺一口血堵在喉口。

林孟和善地笑道：「事急從權，本官聽聞將軍頗有斷案之能，今夜之案茲事體大，望將軍莫計前嫌，查凶為重。」

暮青與林孟並無仇怨，待他客氣些，道：「刑曹諸位大人不介意的話，下官倒可推敲幾句。」

林孟連聲道：「不介意，不介意！同朝為官，但求為聖上分憂。」

分憂是假，保官是真，暮青心如明鏡，點頭道：「好，那我有三事可說。」

三事？

方才驗毒，此案分明已陷入死境，查無可查，這少年竟仍有三事可說？

林孟目光一亮，喜道：「將軍請說！」

「其一，銀器不能試百毒，諸位方才所做之事皆是徒勞。」

「什麼？」林孟愣住，隨即笑道：「將軍莫非在說笑？自古試毒皆用銀器，何來不能試百毒一說？」

「我斷案時不說笑。銀器不僅不可能試百毒，甚至就算真的變黑，那東西也不一定就有毒。」

啊？

林孟和刑曹屬官們神態都一樣——你在說笑！

暮青對步惜歡道：「啟奏陛下，臣求一物，可當殿驗證。」

「何物？」這是她第一次向他求東西。

「熟雞蛋！」

「……」

他就知道不會是明珠萬斛，金銀萬兩，哪日她若跟他求女子之物，日頭定要從西邊出來。

范通出去提回一食盒的熟雞蛋來，雞蛋剝好，百官的目光都盯去了碗裡。

碗是銀碗，筷是銀筷，只見暮青將熟蛋夾成兩半，將蛋黃撥開，銀筷扎入了蛋白中。

片刻後，銀筷拿出，暮青往筷枕上一放！

啪！

一聲脆音，在寂靜的金殿上扎得人耳疼。

林孟與刑曹屬官們快步圍來，只見那銀筷前端有寸許處泛著青暗，其光幽冷。

「這……有毒？」眾人驚呼。

暮青面無表情，夾了那半塊雞蛋便放入了口中。

滿朝文武張著嘴，驚呼變成了抽氣。

步惜歡臨高下望，眸光微沉，卻未動。她尚有父仇要報，他知道，她不會拿自己的性命開玩笑。

元修面色沉了下來，但也未動。她行事向來有主意，如此做必有她的道理。

呼延昊皺著眉頭，這女人又搞什麼花樣？

「沒毒！」暮青吃完後喝了口茶，淡道。

「沒毒那銀筷怎會……」

「世間之物，相生相剋。蛋白內有一物，名為蛋白質，蛋白質裡含一物，名為硫，其與銀相遇易生青黑。不同的蛋，硫含量有差異，顯色結果也會不同，放得愈久的色愈深。」暮青盡量說得淺顯。

天子用膳時多用玉器，旁側有宮人布菜，亦有宮人試菜，所謂試菜便是以人試毒。但宮宴上人多，百官們所用的多是銀器，但以銀試毒實不靠譜。

另外，民間投毒多用砒霜，但砒霜本身並不會致銀變黑，只因砒霜乃礦中所煉製，提純不夠，其中亦含硫元素，這才致使銀變色。所謂銀針探毒，其實探的並非毒，而是硫。現代砒霜提純技術好，銀針探毒根本就沒有效果。

但銀針試砒霜之毒在古代確實可用，因此暮青便未多提。

林孟等人聽得一頭霧水，唯獨巫瑾面露沉吟之色，似對此言頗感興趣。

「銀能試出的毒多為礦中所煉，勒丹使節所中之毒乃雷公藤，其毒用銀是試不出來的。」暮青道。

「那依將軍之言，酒菜或是勒丹使節的衣物上未必無毒？」

「不，酒菜無毒，衣物與酒囊上也無毒。」

什麼？

林孟詫異萬分。

「這是我要說的第二件事。」暮青看向那刑曹員外郎，問：「你可知雷公藤為何物，是何形態，中毒者何症？」

那員外郎道：「下官未曾習過醫藥之術。」

「雷公藤性味苦、辛、涼，有大毒，其花與根莖皆含毒，碾成的粉末是土黃色的，你看看多傑的衣袖與酒囊是何顏色？」

那員外郎愣住——酒囊是乳白鑲金的，衣袖則滾著雪白狼毛。

「以你的推測，凶手是將毒粉撒在酒囊或衣物上的，如此大的色差，勒丹使節又如何看不出來呢？」

「難道就不可能撒在衣物的其他地方？」那員外郎有些不服輸，多傑的衣袖是雪狼毛的，但衣物其他地方繡圖複雜，顏色花裡胡稍，若撒在這些地方，他未必看得見。

「且不提凶手能否保證多傑定能觸碰到撒有毒粉的衣物部分，假設受害者真的沾到了手上，抓了羊腿吃下，其後中了毒，你可知中毒症狀為何？」

「這……」

「你不清楚，我來告訴你。受害者會出現頭暈心悸、腹痛嘔吐、四肢抽搐、肝腎疼痛，繼而出現血便血尿、唇甲發紺、口鼻出血等症，若無救治，從毒發到身亡，其痛苦可持續一日到四日。」

「……」

「而受害者毒發之症又是如何？腹痛嘔吐、四肢抽搐、脣甲發紺，險些當場身亡！如此大的差距，你可知代表了什麼？」不待人答，暮青便給出了答案：「毒量的差距！若是將毒粉撒在衣物上，靠沾在手上那點毒入口，根本不足以立刻將人毒殺！」

「……」

「瑾王爺乃毒醫聖手，是否如此，你等可問他！」暮青看向巫瑾。

巫瑾眸光皎澈如月，頷首由衷讚道：「將軍所言分毫不差，不想將軍竟懂毒理。」

「研讀過幾本醫書，不敢稱懂。」暮青在汴河行宮時看過幾本醫書，下午在閣樓裡見有毒草的古籍便翻來看了。

雷公藤因易尋得，書中有記載，她恰巧看了，這才有此推理。

林孟問道：「將軍心細如髮，此案可有眉目了？」

「這是我要說的第三事。」暮青看了眼多傑桌上的酒菜，道：「不必查桌上的菜食了，菜食裡無毒，酒囊裡也無毒。」

什麼？

銀器不能驗毒，即是說之前驗毒的結論不可信，那麼宮宴的飯菜和多傑帶來的酒裡有沒有毒還得再驗！怎麼就斷定沒毒了？

「那人是如何中的毒？」林孟問。

「如何中的毒不是很明顯了嗎？宮宴的酒菜裡無毒，人自然不是在宮宴上中的毒。」暮青一句驚人。

滿殿無聲，林孟都懵了。

「人是在宮外中的毒，時間是毒發之前一個時辰左右。」暮青篤定道。

「首先，酒囊裡的酒無毒。」她將酒囊撈了出來，自斟了杯酒，稍觀酒色後嘗了一小口。草原烈酒辛辣，她不會飲酒，品不出香醇來，只覺一口酒自舌尖兒辣到舌根，頗煞喉腸。

「辣！」暮青皺眉咳了聲，這酒比奉縣客棧廚房裡喝的那些壺底兒烈得多！步惜歡瞧著暮青皺緊的眉頭，笑意微濃，眸光若流華。

嗯，飲酒時倒有些像女子。

「你嘗嘗。」暮青當殿將酒盞遞給元修，「這辣刺激味覺，我品不出別的味兒來。」

步惜歡笑意忽滯，流華結了霜寒，順著那手，那杯，望那人。

元修也盯著那手，那杯。銀杯美酒，杯沿兒水漬晶亮，燈火煌煌，似人間晨露，似暖玉金豆。

那酒盞……咳，她剛用過。

元修未接酒耳根先紅，心思正恍惚時，面前忽然橫來一臂，奪了那酒盞，掌心裡一轉，就著那杯沿兒飲過的酒漬仰頭將酒喝了。

「勒丹人的酒本王不愛喝，不過這杯不錯！」呼延昊大笑一聲，示威般看向元修。

元修面色頓沉，殺氣威凜！

步惜歡望著呼延昊，緩緩一笑，手中金樽裡美酒波光細碎，男子垂眸淡瞥，酒光映著眸光，分不清是哪個更寒凜。

暮青皺著的眉頭緊了緊，「這酒裡要是有毒就好了！」

他若中毒，她定補一刀！

呼延昊渾不在意地笑道：「有毒也毒不死本王，被妳毒舌過的人，百毒不侵！」

暮青：「……」

她此舉本意是要斷定酒中無毒，這本該讓巫瑾一辨，但他不喝酒，又有潔癖，她只好讓元修嘗嘗有何味道。其實，她觀過酒色後心中已經有數，再品酒味不過是多個證據，哪知呼延昊這廝搗亂！

但氣歸氣，查案歸查案，暮青還是問道：「既然喝了，有何滋味？」

「甜！」呼延昊咧嘴一笑，顯然答的不是酒味兒。

「你的舌頭真該割了！」暮青怒道。

元修聽不下去了，黑著臉奪來暮青手裡的酒囊，仰頭倒了滿滿一口，烈酒如劍穿腸而過，心口卻悶著。

「如何？」

「草原酒烈，確實辛辣些，但後味醇，微清冽，雪水釀的，有些年頭了。」

「可有苦味？」

苦？有，怎沒有？他心裡就苦著。

元修臉色發苦，險些脫口而出說是酒苦，卻不敢在她斷案時隨心而答，只好實言道：「酒不苦。」

暮青點頭，把酒盞和酒囊從呼延昊和元修手中收了回來，晃了晃那酒囊又斟了杯酒，呼延昊伸手要拿，暮青轉身走開，對著滿朝文武道：「雷公藤粉末為土黃色，此酒清澈無雜質，這便是無毒的證據之一。其二是酒味不苦，此毒味苦，且所下的量頗大，酒很難不變色變味。多傑使節嗜酒，這點從他在宮宴上的話裡便可聽出，他在驛館中時曾要過盛京的酒喝，且對酒十分挑剔，進宮也帶著草原的酒。家鄉的酒他喝了多年，酒若變苦了，他怎會喝不出來？」

百官低低私語，頻頻點頭。

「宮宴的菜裡亦無毒，這也有證據，證據便是雷公藤的毒發症狀。我方才說過，此毒的毒發症狀是漸漸致死，而非見血封喉即刻致死，除非量足。桌上的是飯菜不是酒茶，有誰會一口吃足致死的量？」

氣氛頓時陷入沉寂，人人面露思索神色。

的確，飯菜是一口一口的吃的，吃了一會兒後中了毒便會出現中毒早期的症狀——腹痛嘔吐，而非一口吃進致死的量，出現多傑險些當場身亡的症狀！

「可人若是在宮外中的毒，為何會在宮宴上才毒發？」林孟不解。

「因為雷公藤的毒性。」毒殺案的破案關鍵自然是在毒上，所以她才說他們應該先把毒性問清楚再查案，「此毒有潛伏期，並非服下便毒發，其潛伏期便是一個時辰左右，凶手完全有時間在宮外下毒。」

潛伏期？

巫瑾頷首笑道：「沒錯。」

林孟頓時有些惱，問：「如此重要之事，王爺為何不說？」

「如此重要之事，大人為何不問？」暮青反問。

「本王不懂查案，大人不問，自不知答。」巫瑾溫淡笑道，他曾看出暮青似知此毒，因此便未多言，不過想瞧瞧她到底知曉多少毒理罷了。

「凡毒殺案，明毒性，查毒源，此乃基本之道！今夜之案，查案之人疏忽是其一，其二是查案者都被慣常思維套住了。人在用過宮宴的酒菜後毒發，你們便順理成章地認為宮宴的酒菜裡有毒，認為凶手是在宮宴上下的毒，卻沒有想過或許是受害者在宮宴之前吃過東西。但此案不能全怪思維受困，查案者的大過在於疏忽問案。世間沒有完美的罪案，只有不夠細心的查案者！」

林孟一句也無法反駁。

「驛館到殿上需多長時間？」暮青問元修道。

「半個時辰。」元修道。

林孟忙問烏圖道：「敢問烏圖大人，進宮前半個時辰裡，多傑大人可曾要過茶點？」

這段時間裡烏圖接觸過的人，尤其是給他送茶點的人，抑或送茶點的人接觸過的人中定有下毒者！

暮青道：「嗯，潛伏期是一個時辰，從驛館到殿上需半個時辰，所以人是在入宮前半個時辰裡中的毒，林大人算數真好。」

林孟一愣。

「提醒一下，你忘了從宮宴開始到毒發的這段時間。」

「那便是進宮前一刻！」林孟仔細回想了五胡使節進殿後到多傑毒發的時間，這回總該沒錯了。

「不。」暮青還是否定了，「人被下毒的時辰是從驛館出發前。」

「為何？」

「因為人毒發前喝過酒。」暮青看向巫瑾，問：「我曾在醫書上看過，此毒遇酒可提早毒發，且毒發時毒性更烈，可真有其事？」

巫瑾笑道：「確實如此。」

林孟吐血的心都有了，這兩人一個有話不說，讓他白忙活！一個有話不說完，讓他白動腦子！

「將軍還有何事說，一併說了吧！」林孟鐵青著臉道。

「沒了，三事我已說完了。」暮青淡道。

文武百官聞言心生驚意。

說是三事，可三事說完，案子也等於斷完了！

林孟問道：「出驛館前多傑可有用過茶點？」

烏圖道：「我最先到了馬車裡，未曾留意。」

林孟皺眉，只得又問布達讓：「那神官大人可曾留意？」

布達讓回憶道：「我那時就在多傑屋裡，他身強力壯，飯量頗大，聽聞在你們大興人的宮宴上會吃不飽，便在進宮前要驛館送了肉包來，一籠屜的包子，他吃時還抱怨包子小。那時要趕著進宮，車隊已在驛館門口等，他便抓起來胡亂塞進嘴裡出了門。」

林孟眼神發亮，但他沒敢認為肉包裡一定有毒，於是想了想。

雷公藤並非即刻致死之毒，除非量足，多傑嫌包子小，走時又急，胡亂塞進嘴裡便上了車，倒是可能幾口便吃足毒量。

毒粉乃土黃色，肉餡兒裡有醬油便可與毒粉顏色混淆。

但此毒味苦……

林孟眼神一變，此處解釋不通，「敢問神官大人，可知多傑大人吃的是何肉包？」

布達讓道：「我等乃草原人，多食牛羊肉，驛館的人送來的是羊肉包。」

羊肉包！

林孟激動得面色發紅，羊肉味兒膻，毒藥的苦味因此蓋住了也是有可能的。

「我想起來了！多傑吃時還說大興的羊肉包不如草原的香，有些苦！」布達讓神色微變。

如此說來，有毒的就是肉包！

林孟見暮青未有異議，便問了最後一事：「送包子來的是驛館之人？」

「那人穿著你們大興人的官袍。」

林孟立刻對元相國道：「稟相爺，驛館中人有下毒嫌疑，可命五城巡捕司包圍驛館，將人全數緝拿，再審誰是下毒者便是。」

元相國對盛京府尹和五城統領道：「你二人同去，務必不使驛館中一人逃脫！」

元相國未請旨便發了相令，那兩人竟還真領了命。

林孟、盛京府尹和五城統領退出殿去，趕往宮外拿人，宮人們將多傑抬去偏殿歇息。停了的歌舞絲樂又起，桌上的酒菜被端下去溫好又端上來，暮青早已吃飽，只坐在席上等宮外的消息。

消息一個時辰後傳了回來，驛館的人都拿下了，已關押在刑曹大牢。

元相國道：「連夜便審，定要問出是何人下毒，為何下毒，身後可有指使之人！」

步惜歡下旨散了宮宴，五胡使節們進宮時坐的馬車被特許進了宮來，多傑被抬去馬車裡，勒丹使節們便先行出了宮去。

元修要回相府守歲，到了宮門口卻忽覺衣袖被人拽住，回頭見暮青牽著他的衣袖，眸似星子，寒夜裡晶亮。

元修忽覺手臂麻癢，那癢順著手臂經脈一直癢到心裡，說難受也難受，他卻古怪地不想避開。

「借一步說話。」暮青道。

元修點了點頭便要與暮青往宮門一側去。

呼延昊眼尖，揚聲道：「有什麼悄悄話說，讓本王也聽聽！」

這一嗓子把宮門前的百官喊得紛紛回頭，齊望向元修和暮青，兩人再無法避著人說悄悄話。

見元修黑如夜色的臉色，呼延昊心情大好。

暮青道：「下官初到盛京，手下親兵不識路，可否請大將軍送下官回府？」

元修頓時如沐月輝，洗淨眉宇間的陰沉，換呼延昊黑了臉。

「好！」

「親兵不識路，妳也不識路？」呼延昊眯著眼，堅決拆穿暮青。

「不識。」

「妳白天走過兩遍！」

「夜路難識。」

胡說八道！別人他還相信，這女人聰明得在地宮蛇窟裡連那九塊人臉青磚都能回憶得出來，走過兩遍的路她會因為天黑就記不得？

呼延昊冷笑一聲，嘲諷道：「妳何時變笨了？」

暮青目光比他還冷，反諷道：「狄王何時更幼稚了？」

元相國深深看了暮青一眼，這少年聰慧，斷案如此能耐，怎會是路痴？他在朝半生，自具慧眼，一瞧便知這少年是有事要說。

他有何要事說，非要避著人？

思及此，不免想起暮青身分不明，元修明知卻替他保密的事，元相國心中頓生不快。

今夜他要說的事，修兒回府後也未必向他稟明，此人與修兒相識半載便能叫他們父子不睦……

「父親，兒子先將英睿送回府去。」

「你娘還在府中等著你守歲。」

「定不耽誤陪娘守歲！」元修抱拳一揖，便揚聲道：「牽馬來！」

這便是非陪暮青不可了。

元相國心中生怒，眼睜睜看著元修出了人群，躍身上馬。

暮青隨在他身後，上馬之姿乾脆俐落，紫貂大氅寒風裡揚起，現戰袍如雪，身姿如電。

月殺將馬韁遞到暮青手中，臉色也黑著，這女人淨給他臉上抹黑，誰說他不識路？

「閉嘴！」暮青在馬背上道。

月殺一愣，臉色更黑，他什麼也沒說！

「想說也不行。」暮青執韁打馬，策馬而去，「回府！」

待一眾西北軍將領消失在宮門前的夜色中，元相國才沉著臉上了華車，百官見元相國走了，這才漸漸散了。

約莫著宮門前百官已散，馬車裡才傳來元相國的聲音：「回轉，進宮！」

左將軍府。

花廳裡，元修問：「何事？」

西北軍眾將領在，暮青也不避諱，直言道：「凶手之事。」

「那為何不在宮裡說？」

「沒證據。」她雖然心中肯定，但並無實證，說出來對方不僅不會承認，還有可能反咬一口，她懶得在宮裡跟人扯皮。

「妳懷疑誰？」

暮青掃了眾將一眼，說了個名字。

「啊？這不可能吧？」

「妳確定？」元修也這麼問。

「是不是他，今夜一試便知！」

……

刑曹大堂連夜提審驛館人員，烏圖和布達讓派人傳話要求觀審。

朝廷未允，只傳話說定會嚴審，不信有人能扛得住刑曹的十八般酷刑。

這夜，刑曹大堂裡燈火通明，堂上動了大刑。臘月嚴寒，扒了衣裳打，大門關得嚴實，勒丹派來等候消息的人瞧不見裡頭情形，只聽見棍棒之聲沉悶，風拂過刑曹官衙的高牆，淡淡血氣。

半個時辰，長街上便鋪了層瑩白，那人候在官衙外，聽裡面堂審的人怒聲喝斥，受審的人高聲哀號，依稀審了五、六人，只聞見血腥味兒愈來愈濃。

看這樣子，一時半會兒難有結果，怕是要審一夜。

那人想起出來時兩位大人說要隨時回稟，抖了抖肩頭的雪便離開了官衙門口，往驛館行去。

驛館裡，烏圖親自在多傑屋裡看著，神官布達讓等著刑曹官衙的信兒。

那人回稟了官衙內外的事，又領命出了門。

雪大了些，那人出來時披了件黑風袍，戴起風帽迎著風雪出了驛館。轉過長街，卻沒走去驛館的路，而是轉進一條巷子，七拐八繞便進了座舊廟。

那廟已廢棄，舊門爛鎖，那人竟從懷裡摸出把鑰匙來，開門進了廟。廟裡院中荒草叢生，雪積得半尺厚，隱約瞧見廟裡一隻佛手。

那佛手結降魔印，右手覆膝，四指觸地，拇指與膝間有條狹縫，那人袖口一垂，往那狹縫裡塞了樣東西，隨後速速行出廟去。

門一開，那人一驚！

門口站著個少年，披著身紫貂大氅，風帽未戴，銀冠幽冷，眸光清寒，問：「神官大人要去哪兒？」

那人忽醒，轉身便逃向西南角，那裡有塊青石，那人一踏，身如黑燕，斜飛過廟牆，牆下卻忽有烈風砸來，那風捎雪，平地一捲，飛雪成刀，往臉上一撲，那人嗆住，頓覺喉口一涼，肚腹生受一記烈拳，皮肉肚腸似生生擰到了一處，疼得那人臉色一白，喉口一熱，哇的一口血嘔出，人砰地砸到了牆下。

巷子裡出來幾人，元修為首，其餘皆是西北軍將領。

「真是你？」元修不可思議地盯住那人。

那人的風帽被元修的拳風震落，露出一張細眼鷹鼻的斯文臉孔，正是勒丹神官布達讓！

暮青道：「他在廟裡放了東西，讓巡捕司的人來找吧。」

過了兩刻，林孟、盛京府尹及五城巡捕司統領一同帶人趕到，火把照亮了半邊天，巷子裡燈火通明，看到布達讓，眾人不可思議的神情與元修方才如出一轍。

林孟質疑道：「可是有誤會？下毒之人怎會是勒丹神官？」

眾人一同望向暮青，布達讓捂著胸腹，元修一拳便傷了他的內腑，他逃不得，連話也說不出，只拿眼盯著暮青。

「你的殺人手法暴露了太多動機。」暮青道。

動機？

「我一開始並不知道凶手是你，我只是在猜凶手的動機。多傑毒發時險死，顯然凶手是要置他於死地的，那麼用雷公藤殺人就顯得意味深長了。既然要置一人於死地，為何不用見血封喉之毒，反而要用有潛伏期的？答案很明顯，凶手不僅想要人死，還想要人在宮宴上毒發！那麼凶手的動機是什麼？」

「只要想想多傑之死的利與害便可。多傑若亡，對勒丹有利，死的人是勒丹使節，大興要補償也是補償給勒丹，沒有理由補償其他部族，此為利！其害則有二，一是對朝廷有害，二是對西北軍有害！想想看，若我沒救回多傑，朝廷要查殺害勒丹使節的凶手，有哪些人會被懷疑有行凶動機？」

眾人面色頓變！

御廚和傳膳布菜的宮人，今夜已被懷疑過，因為他們是能接觸酒菜的人。但若從殺害胡人的動機上來說，憎恨議和之人最有可能，而最恨胡人的不就是西北軍？

西北軍今夜沒被懷疑，大抵一是因為暮青救了多傑，她是西北軍的左將軍，二是因為問案之人是林孟，他即便想到了也不敢得罪元相國。

暮青對元修道：「多傑之死既對勒丹有利，又能嫁禍西北軍，我很難不懷疑凶手就在勒丹人當中。當然，也不排除是朝中有人對西北軍有敵意，不顧朝廷利益也要抹黑西北軍。到此我還無法確定誰是凶手，但有一點可以肯定，驛館中一定有幫凶，因此我沒有阻止林大人詢問進宮前多傑接觸過誰、吃過什麼，但讓我沒想到的是，他的回答出賣了他。」

布達讓一愣，眾人不由回想當時布達讓說了什麼。

「林大人問你可曾留意多傑出驛館前用過什麼茶點，你答：『我那時就在多傑屋裡，他身強力壯，飯量頗大，聽聞在你們大興人的宮宴上會吃不飽，便在進宮前要驛館送了肉包來，一籠屜的包子，他吃時還抱怨包子小。那時要趕著進宮，車隊已在驛館門口等，他便抓起來胡亂塞進嘴裡出了門。』此言乍一聽完美，實則完美就是破綻！」

眾人皺眉聽著，沒人知道為什麼。

暮青問元修道：「大將軍昨夜吃過什麼？」

元修想起昨夜還沒回朝，他們在城外新軍營裡過了一夜，他在暮青那裡吃的晚飯，於是道：「大鍋菜，泡餅！昨晚還沒回朝呢，妳忘了？」

暮青點頭道：「那便是了，這才是正常的答案。」

「何意？」

「意思是我問你昨夜吃過什麼，你告訴我『大鍋菜泡餅』，而不是說你昨日近鄉情怯，帶我察看新軍營的地勢，直到日落才和我一同回帳。因為回朝這一路上和我晚上一同用飯習慣了，昨晚便留在我帳中吃飯，吃的是尋常的大鍋菜泡餅，因想著今晨天不亮就要回京上朝，於是吃過晚飯後沒多待就走了。」

元修咳了聲，尷尬地背過身去，火把映著側臉，有些可疑的紅。

她……知道他的心思？

「同理，林大人問多傑吃過什麼，心裡沒鬼的人答的應該是『吃過包子』。而他滔滔不絕地從他在多傑屋裡說起，說多傑為何會在宮宴前叫包子吃，再說到他吃時抱怨包子小，連吃得快的原因都說了，且順序毫無顛倒，這根本就不像是回憶出來的。」

「……」是嗎？

「人對一件事，尤其是細節的記憶是有清晰有模糊的，憑回憶敘事時，記得清楚的就會先說，後想起來的就會後說，因此少有按著順序來的。比如說你，你告訴我昨晚吃了什麼後才告訴我昨晚還沒回朝。」暮青道。

隨後，她又轉身看向布達讓，「而他的話順序無一處顛倒，中間還解釋了多傑為何叫包子吃，為何吃得快，如此思維縝密本身就值得懷疑，何況他的同僚在他面前險些被毒害，正常人的情緒定會受到影響，說話的條理就更加不會如此清晰了。因此，他的話毫無破綻便是最大的破綻！」

「同樣的破綻還出現在之後，林大人問多傑吃的是什麼包子，他答：『我等乃草原人，多食牛羊肉，驛館的人送來的是羊肉包。』此話如今聽來覺得奇怪了嗎？」

確實有些奇怪，畢竟誰也沒問他為何要吃羊肉包，如此答難免有些多此一舉，生怕別人不信他似的。

如此說來，多傑的毒真是布達讓下的？

可驛館裡皆是大興人，他竟能買通大興人毒殺自己人？

林孟任刑曹尚書多年，這般審案之理真是聞所未聞，此時無心深思其中道理，只問道：「他為何要殺自己人？」

「或許有私怨，或許有其他原因，這就要問問神官大人了。」暮青望向布達讓。

「將軍說的話，本神官一句也聽不懂！」布達讓冷笑一聲，腹痛如刀絞。

林孟問道：「英睿將軍說了這麼多，可有證據？」

勒丹人自相殘殺，企圖嫁禍大興，撈取議和的好處，案情真相若真是如此，那自然再妙不過！

「他在廟裡藏了件東西，就看林大人搜不搜得到了。」暮青道。

林孟忙帶人進了廟裡。

院中有兩趟腳印，一趟是進出廟的，一趟是到西南角廟牆處的。廟牆外就是布達讓被抓的地方，因此巡捕司統領一揮手便領著人進了廟。

廟裡只有佛像前有雪腳印，巡捕司的人沒去後頭搜，只藉著火光在佛像身上找了找，一會兒便聽有人道：「這裡有東西！」

一張紙條被從佛手裡拿了出來，交到了巡捕司統領手中，打開一瞧，上頭只寫了一句話：「人已落入刑曹大牢，速除！」

林孟捧著紙條交到元修手中，暮青從旁看了一眼，心道果然，但同時心裡一沉。

那信是用大興字寫的！

「此信是寫給誰的？說！」林孟沉聲喝問，盛京裡有勒丹奸細！

布達讓冷然一笑，「何信？」

「信已從廟中搜出，你還敢裝瘋賣傻？」

「你們說那是本神官寫的信，誰能證明？」

林孟這才發現信上寫的不是勒丹字，而是大興字！

「那神官可否解釋一下，你為何深夜不在驛館中，反而來到這廟裡？」林孟冷笑一聲。

「此事本神官還想問你們，不是說要夜審下毒之人？為何將本官挾持至此，還將本官打傷？」布達讓反問。

「你！」林孟氣得不輕，沒想到此人如此難對付，他一時沒轍，不由看向暮青。

暮青什麼也沒問，只是看著那信，陳述事實，「大興字寫得不錯。」

布達讓面色忽的一變！

暮青沒錯過他臉上的神情，道：「你的大興話還帶著胡腔，大興字卻寫得不錯。」

布達讓的臉色似被冰住，只盯著暮青。

「跟你接頭的人是勒丹人？」

「……」

「跟你接頭的人是大興人？」

「……」

「跟你接頭的這人頗有權勢？」

「……」

「跟你接頭的這人乃士族出身，家門頗高？」

「……」

暮青連問四句，布達讓一句也沒答，她卻還在接著問。

「你殺多傑是出於私怨？」

「你殺多傑是勒丹王指使的？」

「你殺多傑烏圖知道？」

「毒是臨行前勒丹王給你的？」

「毒是接頭人給你的？」

「毒是接頭人給驛館之人的？」

布達讓還是不說話，暮青已心中有數，但她還有疑問。

「你怎知道這巷子裡有座舊廟？」

前頭暮青問的話，眾人都聽不出答案，但這句讓所有人都變了臉色——布達讓是勒丹人，他昨日才進京，怎知內城道路？

「有奸細畫圖給你？」林孟問。

元修卻覺得不可能，今晚他跟蹤著勒丹神官一路從驛館到廟裡，他對城內的巷子頗熟，即便有人畫過圖給他，他也不可能憑圖就對路這般熟悉，尤其還是夜裡。

暮青也懷疑此事，問道：「沒有人畫圖給你，你對這條路很熟悉！」

林孟嗤笑一聲，這怎麼可能？

暮青卻面色一沉，「你以前來過盛京？」

「不可能！」林孟聽不下去了，道：「我大興已有百年未允胡人進京。」只先帝時有西北邊關之亂，胡人曾打進關來，但也沒打到盛京城下。如果說布達讓曾經喬裝打扮來過盛京，那麼他又是如何出入西北邊關的？

這事誰也想不通，布達讓為何頭一回來盛京卻熟知盛京的路。

暮青也想不通，只盯著布達讓，陷入了深思。

布達讓身受內傷，倚牆坐在冰涼的雪裡，嘴角的血在火光裡豔紅，但他似乎傷得不重，意識清醒，臉色也不見蒼白。

暮青面色忽然一變，抬手便撕向布達讓的臉。

布達讓大驚，抬手要擋，卻見一道寒光在他眼前一晃，晃得他的眼不由覷了覷。這一閉眼的工夫，只聽寒風裡細微的一聲，讓聽見的人頭皮發麻。

元修、林孟和五城巡捕司的人都震驚了。

暮青也驚住，看著手中還帶著溫度的人皮面具，以及那面具下一張大興人的臉孔，問：「你是誰？」

深巷廢廟，朔風寒雪，叢叢火把圍照著一人。

那人前一刻細目鷹鼻斯文俊秀，這一刻杏目寬鼻貌不驚人，前一刻還是異族容貌，這一刻儼然大興人！

此人是誰？

勒丹神官在何處？

「他就是勒丹神官！」暮青一語驚人，「至少隨使節團一路來朝的人和今夜在宮宴上的人都是他。」

五胡使節團隨聖駕和西北軍來到盛京，沿途走了近一個月，暮青每日清晨在聖駕啟程前都會查看隊伍，雖未與勒丹神官布達讓說過話，但日日都能瞧見他。可以說五胡使節的氣度舉止她心中皆有數，此刻在她眼前之人正是這一路上所看到的勒丹神官，不會有錯。

「可他是假的！」林孟震驚已極。

「你是誰，何時替了勒丹神官？」暮青又問，但她沒指望此人會答。

這人果然嘲弄地一笑，道：「真沒想到，苦心經營，一朝事敗，竟栽在你手裡。」

暮青微愣，不僅因他說的話，還因他的口音——這人的口音還是帶些勒丹腔的大興話。

元修一把將人給提了起來，道：「栽在她手裡，你並不丟人。說吧，你是何人，何時替了勒丹神官，你們又在經營何事？」

此人的眉眼看著像大興人，可也未必是大興人，也可能是南圖人，要弄清他是如何假冒勒丹神官的，首先要弄清他是哪裡人士。

「我說了就可以活？」那人面色霜白，眸中卻無懼意。

「你說了就可以死個痛快。」元修也不欺瞞他，道：「但你若不肯說，我想大興和勒丹都不會容得下你。」

「呵！」那人一笑，笑出口血來，嘲諷，悲愴，決絕。

暮青見了頓覺不妙，但元修提著那人，她一時難出手，只道聲：「不好！他要——」

話未說完，只聽噗的一聲，那人一口黑血當面噴向元修！

元修眉峰驟壓，臉一偏，那血擦著他的耳廓噴向身後，一名五城巡捕司的吏役正舉著火把，冷不防被那黑血噴了滿臉，頓時慘嚎一聲，火把落地，捂著臉便在雪地裡打滾。

周圍人呼啦一聲散開，那人嘶嚎不止：「我的眼！我的眼！」

沒人敢靠近，只拿火把照著，見那人手指縫裡流出黑血，瞧著是被毒瞎了！

元修大怒，當胸一震！那假勒丹神官一口血噴出，夾雜著骨碎之聲，撞去廟牆時只聽磚石轟然一塌，那人砸進廟裡，撞向對面廟牆，那牆驟裂成網，人從牆上滑下，趴在雪裡便不動了。

「速送去瑾王處，務必請瑾王保他一命！」元修將名帖丟給五城巡捕司的統領，大步走進了廟裡。

他提著那人的衣領便將人翻拽了過來，見那人滿臉都沾著雪，唇頜入目皆是黑血，口舌已爛，月光寒如水，牙齒白森森。

人睜著眼，卻已死透了。

元修面色沉著，方才若非他躲避及時，被毒瞎雙目的人便是他。此人死前也要害人，不知是想拉個墊背的，還是有意衝著他來的？

這假勒丹神官……竟就這麼死了！

林孟率眾跟進來，問道：「侯爺，這、這人死了，如何是好？」

他今夜本在刑曹大堂審驛館中人，被告知抓著下毒真凶了才趕來，凶手是勒丹神官已是令人震驚之事，哪知道最後竟發現是個假的，如今人還死了，如何收場？

「不好！」暮青忽然出聲。

元修抬眼和她的目光對上，面色也忽然變了，道：「快回刑曹大牢！」

林孟和盛京府尹尚未反應過來，元修已攬過暮青，足尖一點凌空而起，廟裡颳起陣風，兩人已如大鵬般遠去，迎風冒雪，稍時便被雪幕夜色遮去了身影。

刑曹大牢。

油燈昏黃，照著牢門裡一具死屍。

那死屍未著寸縷，裸吊在房梁上，面朝牢門，舌頭伸出，流著鼻涕口涎，死死盯著門外，白花花的身子上可見道道鞭痕，皮肉翻著，血模糊了前身，失禁的屎尿順著腿根流下來汙了後身。牢裡的溼潮氣、死屍的血腥氣和騷臭味兒混在一起，嗆得人難以呼吸。

元修抬手就去擋暮青的眼，暮青啪一聲把他的手拍下來，寒聲道：「開門！」

死的人不是別人，正是驛館的廚子，勒丹使節毒殺案的嫌犯！

暮青進牢門前把紫貂大氅解了下來交給了元修，元修要攔又怕惹暮青不快，見她進了牢中仰頭瞧那裸屍，看了一會兒便擼袖子，元修眼皮子直跳，回頭便瞪向那牢頭，道：「把人放下來！」

那牢頭被瞪得三魂沒了七魄，忙搬了把凳子來，踩著凳子將人放到了地上。

地上鋪著爛草，暮青驗看了死屍的頸部縊溝，那縊溝八字形態，卻很不均勻。她又摸了摸屍體口唇邊流下的涎液，抬手撥開屍體的嘴唇瞧了瞧牙齒，從牙縫裡提出根線來，隨後起身察看了下牢裡的石床，床上的草是乾的，卻有一塊地方沾著些爛草，周圍有滴狀血跡。

暮青道：「自縊，剛死了也就半個時辰。」

即是說林孟退堂後，人回到牢裡就自縊身亡了。

「妳確定是自縊？」元修信她不會驗錯，如此問不過是尋個話題，好讓自己不老想著她正對著裸屍，還是男屍！

「確定。」暮青將那掛在房梁上的繩子解了下來，道：「自縊用的繩索是死者的衣衫，他將衣衫撕成布條，打死結連成了繩索，他的齒縫裡有條衣衫的絲線，可以證明是他自己將衣衫撕成了布條。」

暮青將那根從死者牙縫裡提出來的線遠遠朝元修晃了晃，上頭還有些血。

元修凝神一瞧，只想苦笑，她驗屍之時真看不出來是女子！

暮青又走到石床邊，在其中一個位置虛畫一圈，道：「這裡，他是踩著此處往房梁上拋的繩索。石床上鋪著的是乾草，唯獨這裡有些爛草，摸起來潮溼，且帶著些溼泥，與地上的爛草一樣，說明是他踩著此處拋繩索時留下的。且這四周有滴狀血跡，那時他剛受完刑，鞭傷的血尚未凝固，赤身上了這石床，血自然就滴到了床上。」

「牢裡沒有看到自縊時的踏腳之物，但繩索掛著的位置與床邊不遠，且床沿上也發現了溼泥和爛草，說明他自縊時踩著床沿，雙腳一蹬，人就吊了上去。」

暮青從石床邊回來，指著那屍體給元修看。

「死者頸部的縊溝為八字痕，形似馬蹄，符合自縊死的縊溝特徵；縊溝在喉結上方，符合舌尖伸出口外的特徵；縊溝寬窄不均，這是因為死者自縊的繩索是衣衫撕成的布條，布條軟，受力時會折疊或扭轉，從而致使縊溝寬窄不均。這些都符合自縊特徵，再加上死者有鼻涕、口涎和失禁的情形，因此可以肯定是自縊。」

屍體剛被發現，從暮青進了牢房到驗屍完畢不過一會兒工夫，死因就清清楚楚了，那牢頭在外頭聽得兩眼發直。

暮青問牢頭：「驛館中的吏役都是單獨關押的？」

「不是！」牢頭趕忙答道：「因廚房裡的人和送包子去勒丹使節屋裡的人嫌疑重些，為防串供，尚書大人才下令單獨關押的。」

元修眉頭深鎖，他還以為一退堂，對方定會將下毒者滅口，沒想到竟是自縊！

這時，牢外有雜亂的腳步聲匆匆而來，林孟和盛京府尹趕到，一看到牢內情形，兩人皆以袖掩鼻，林孟震驚地問：「這、這……真是殺人滅口？」

「自縊。」

「啊？」

暮青從牢裡出來，道：「現在，此案線索已經斷了。」

線索斷了？

林孟和盛京府尹都有些懵，此案進展至今全靠暮青一人，當殿救人、查毒斷案，連假勒丹神官都被她給揪出來了，現在她說線索斷了，案子查不下去了，他們都覺得不可思議。

「假勒丹神官死前，我曾問過他一些問題，得出了一些結論。」暮青道。

「第一，跟他接頭的是大興人，此人士族出身，門第頗高。」

「第二，他與多傑沒有私怨，此事乃勒丹王授意，烏圖並不知道。」

「第三，毒是接頭人直接給驛館廚子的。」

「第四，他以前來過盛京，那舊廟是他們的接頭地點，他曾到過那裡，所以對那條路很熟悉。」

暮青一連丟出四個案情消息，卻沒人知道她是如何得出這些結論的，包括元修。但暮青沒給人問的機會，接著道：「此案線索雖斷，也不是不可查，可從兩處摸查看看。」

「其一，廚子死了，他為何自殺？我能想到的只有那幕後之人身分頗貴，他不死難以保全家人，所以可派人暗中監視廚子的家人，看看有無收穫。」

「其二，那人是何時假扮勒丹神官的尚不清楚，既然烏圖不知他殺多傑之事，那麼可詢問一下烏圖，問問他與假神官相處時有無不同尋常之處，興許能有收穫。」

暮青說完，沒人接話，她看了幾人一眼，道：「暫時就這麼多。」

林孟：「……」

就這麼多？

這叫線索斷了？

暮青道：「不要太樂觀，幕後之人很聰明，他殺總會留下破綻，容易被人順藤摸瓜，自殺卻能斷了線索。此人身分尊貴，行事又聰明，案子想查下去並不容易。監視廚子的家人未必能有收穫，不定那幕後之人會暗中給廚子的家人補償，可他那麼聰明，應該能想到我們會順著查下去，所以他派人接觸廚子家人的可能性不大。」

林孟頓覺心頭涼了半截。

「驛館的廚子興許在做此事前就被收買了。你們可派人傳廚子的家眷來收屍，再派人盯著他家裡，瞧瞧發喪時的花銷是否正常。如若不正常，查查銀子是哪裡來的，現銀還是銀票。若是現銀，傳他的家眷問問銀子是何時帶回家中的，廚子有沒有說什麼。若是銀票，查查是哪家銀號的。」暮青說得詳細了些，但她仍不抱太大希望，那幕後之人八成不會留下銀票這等追查線索。

盛京府尹連連點頭，只覺有這少年在，沒線索也不愁。

案情重大，林孟不敢拖延到明早，於是道：「侯爺要回相府，下官正好同去，此事需向相國大人詳稟。」

元修道：「我是要回府，但林大人就不必去了。明兒一早宮門開了就進宮去，將此事稟明聖上！」

啊？

「走吧，妳累了一日，也該回府歇著了。」元修對暮青道。

暮青點頭，兩人便出了刑曹大牢，未再與林孟等人多言。

到了官衙門口，元修讓趙良義等人先回去，問暮青：「對了，妳在牢裡說的那些事是如何看出來的？」

他指的是假勒丹神官的事，他記得她問過一些話，可那假神官並未答，那她是如何得知答案的？

暮青剛從軍西北時，魏卓之曾提醒過她，察言觀色之能乃天下利器，不可輕易說與人知，她在西北時也確實未顯露過多。但元修既然問了，她便不瞞了，她信得過他！

「邊走邊說吧。」暮青看了眼刑曹府衙，提防著隔牆有耳。

兩人結伴轉過街角，暮青才道：「那假神官雖未答，但我讀懂了他的神態。」

「神態？」

「嗯，我稱之為微表情。」

元修聞言詫異更深，有些聽不懂。

暮青沒解釋太多，只道：「此事一時說不清楚，改日再說，你先回府守歲吧。」

「我先送妳回府！」元修攬起暮青腳尖一點，兩人便離地而起，踏著牆頭屋瓦而行，飛雪如花，天地茫茫，朔風摧，星夜遙，別有一番闊大景致，痛快心境。

兩人直接進了左將軍府花廳前的院子裡，月殺從後院過來，臉色自不好看，道：「大將軍怎不把我家將軍直接送回後院閣樓？」

元修往閣樓方向看了一眼，他不是不想去，只是她是女子，那閣樓是她的閨房，他還是不要隨便進的好。

「妳早些歇息吧，明日再敘。」元修道。

那察言觀色之事，他還想聽聽呢。

暮青點了點頭，見元修原縱去屋頂，眨眼工夫身影便被雪幕夜色遮了。她望著漫漫大雪，恍惚想起江南的雨，青瓦珠簾，一間小院兒。

爹走時，她只覺悲憤，半年來尚未體會得真切，直到這大年夜她才知道，這一生真的要自己走了。

「人都走了，還看！」月殺的聲音傳來，打斷了暮青的思緒。

暮青也不解釋，直接往後院去了，還沒到閣樓屋裡便聞見了飯菜香，一人坐在桌後，見她上來，淡道：「回來得倒晚。」

暮青愣住，「你怎麼來了？」

「陪妳守歲。」

第五章

可願嫁我

「你竟能出宮來。」暮青走到桌旁坐下，飯菜是熱的，剛擺上的。

步惜歡緩緩斟酒，淡道：「出宮不易，等人更不易。」

暮青將酒拿了過來嘗了口，酒液清醇，淡淡梅香，入喉甘甜，她有些意外，不由揚了揚眉。

步惜歡瞧她喜歡，舒心一笑，語氣卻是淡的：「宮釀梅酒，摘一年初雪後開的梅花，裝罈浸於山泉裡，四十九日後將花瓣取出煮酒，隨後挖地三尺封於梅林中一年，今晨才起出來。」

「埋了一年？怪不得味兒發酸，都釀成醋了。」

步惜歡將她的酒盞拿了回來，邊轉邊瞧，玉杯清酒，杯不及男子手指玉色溫潤，酒不及女子品過後在杯沿留下的水珠兒清亮。

步惜歡含了那杯沿兒，淺飲了口，道：「嗯，果真是甜的，還是狄王的舌頭好使。」

「好使就留著吧，日後幫陛下品酒。」

步惜歡冷笑一聲，把那酒盞往桌上一放，漫不經心，其聲卻寒：「品了不該品的，還是割了的好！」

屋裡無人服侍，若有想必也聽不懂兩人話裡的機鋒。

過了會兒，步惜歡幫暮青盛了碗五穀飯，道：「用膳吧，寒冬夜裡，飯菜涼得快。」

大興的民俗，大年夜要吃稻、黍、粟、麥、菽這五穀蒸製的飯，有祈望來年五穀豐登之意。

兩人腳下烘著火盆兒，飯滿滿的一碗，穀香撲鼻，騰騰熱氣模糊了眼前人。暮青有些恍神兒，面前紅木花桌替了黃楊矮桌，那滿面皺紋憨笑著給她添飯的人換了一個，桌上畫燭玉碗，那人梨花月袍，與她對坐，背襯窗外雪，等著除歲鐘。

閣樓裡暖融融的，腳下的白炭烤暖了雪靴，竟一直暖到了心裡。

她以為要獨自守歲的一晚，並沒有孤孤單單的過。

「你陪我守歲，太皇太后誰來陪？」暮青殺風景地問了句。

「宮裡人哪有年過？」步惜歡捧著碗，笑意涼薄，「元廣去而復返，到了太皇太后宮裡，隨後便免了守歲。」

元家兄妹深夜宮中相見定有大事，或許與水師之事有關，而假勒丹使節的事，步惜歡應該還不知道。

暮青想著，忽覺額頭一痛。

步惜歡懶洋洋將筷子收了回，給暮青夾了只四喜丸子，淡道：「大過年的，就不能歇歇？今夜除歲，外事先放著，我好些年不曾如此過年了。」

過了今夜便十九年了。

燭影搖曳，晃得男子眉宇間忽明忽暗，辨不真切。

暮青見了，假勒丹神官之事便難再說出口，這倒罷了，她竟鬼使神差地說起了自己的事：「我倒是頭一年如此，以往與爹一同守歲，一間屋子，一張矮桌，一盞油燈，四碟小菜，唯有這碗五穀飯是一樣的。小時候，爹給我添飯，長大些，我給他添飯，我以為能一直添到老。」

暮青深吸一口氣，低頭，吃飯。她臉上的面具沒摘，那粗眉細眼的模樣實在不美，肩頭卻似落了霜，分外單薄。

步惜歡舀了杓穀香四溢的飯往暮青碗裡一添，暮青本就沒吃幾口，碗裡的飯頓時堆成了小山，聽他道：「日後我幫妳添，到老。」

暮青心裡忽被什麼撞了一下。

窗外傳來鐘聲，城外大寒寺的除歲鐘聲蕩過巍峨的城牆，窗未開，風聲悄起，桃枝颯颯，伴那鐘聲如佛偈，悠遠悠長，不知在誰心湖裡暈開，如那漣漪，久不散。

步惜歡負手窗邊，鐘聲響，十九年了……

暮青望著他的背影，淺淺笑了笑。

謝謝，雖然未必到老。

他貴為帝王，有千古大帝之志，日後平了朝野，立后納妃是不可避免的。她雖在大興多年，卻仍說服不了自己與他人共侍一夫。以往她沒考慮過這事，她是大興唯一的女仵作，註定難有富貴姻緣，那時她覺得這也是好事，百姓家沒錢納妾，倒可一生一世一雙人。

只是世事難料，這半年地覆天翻。

他的心意她知道，但心意歸心意，原則歸原則。她與他的原則未必相同，若道不同，又如何到老？

但此事她一直未提，只因知道他所處的境地太難。相權勢大，外戚專權，朝野未平，皇權未握，這些事就夠耗費心神的了，她不願將他們的感情和未來再在他肩頭壓一擔子。

此事避不開，但她想避開這段日子，這是她的心意。

「再過三個時辰，城中百姓該去大寒寺進香了。」步惜歡望著窗外，語氣有些悵然：「大寒寺乃高祖時所建，大興國寺，記得寺建在半山腰，那山路上人潮似海花似海……」

這話像是回憶，若真是回憶，應是步惜歡兒時的回憶了。

「進宮前我年紀尚幼，許多事都不記得了，只記得年節時總是一大家子人，父王母妃，側妃侍妾，歌女舞姬，歡聲笑語一夜，卻總覺得吵鬧，人多得叫人生厭。」

風雪飛落窗臺，男子的聲音有些涼：「我記得，每到年時母妃總不開懷，卻要陪著父王一坐便是一夜，天不亮母妃便帶著我進宮問安，滿殿的宮妃誥命說著話，無趣得很。」

那時他年幼，記憶只留下一些鮮明的片段，比如大年初三，母妃會帶著他去大寒寺進香。

他記得那人潮和山路兩旁的花，記得轎子裡的女子容顏比花嬌，那是一年裡母妃少有的開懷日子，也是他一年裡最盼著的日子。

「那你歇會兒吧。再過兩個時辰百官便要進宮朝賀了，你未立后，各府誥命應是去給太皇太后問安，你下了朝到太皇太后宮裡便能見著你母妃了。」

步惜歡卻沉默了，窗外寒風忽急，捲打著雪花飄進窗來，落在飯菜上，冷了一桌精緻飯食。

暮青覺得這沉默不同尋常，心裡咯登一聲，步惜歡笑意生寒。

「見不著了，母妃在我進宮那晚便被賜死了。」

賜死？

暮青覺得不可思議，新帝登基，朝中不穩，那時的朝堂還不是元家的朝堂，怎敢賜死新帝生母？

「密旨。我那時不肯入宮，吵著要母妃陪，宮裡便下了道密旨。」

「何旨？」

「蓋帛之刑。」步惜歡字字如冰。

暮青常在衙門裡行走，見過官衙大獄裡的十八般酷刑，蓋帛之刑並不在其中。此非官府審問百姓時所用之刑，而是專門用來對官員刑訊逼供的，司刑之人在行刑時會含一口燒酒噴在桑皮紙上，將受潮發軟的紙蓋於人犯面部，那紙便會貼服在臉上，蒙住口鼻，致人窒息。

桑皮紙薄，只蒙一張人不會死，但若受刑者不肯認罪，司刑之人便會再加一張紙，一張疊一張，有個四、五張，人就能活活被悶死！此刑的殘酷之處在於張張黃紙覆於人面，人在臨死前那漫長的恐懼與折磨。

大興的刑法只有五種——笞、杖、徒、流、死。死刑只有絞死、斬首和凌遲三種，就連宮中賜死也只有毒酒、白綾、匕首三種。密旨賜死恆王妃，用的卻非官方所用之刑，只有一種可能，那就是掩蓋死亡原因。

「母妃死後，對外宣稱的是思子成疾，鬱鬱而終。」

果然！

毒酒、白綾、匕首，哪一種賜死方法都會在死者身上留下傷痕，悶死的表面上看不出傷痕，只有仵作才能通過腹部鼓脹判斷死因。

不過，同樣是悶死，用枕被捂死人不過是片刻工夫，用蓋帛之刑對受刑者來說卻是漫長的折磨。

太皇太后如此折磨恆王妃，有何深仇大恨？

「太皇太后與恆王妃有舊怨？」留子去母之事宮中常有，但如此折磨一人，除非有怨，「還有，恆王呢？他難道眼睜睜看著髮妻受此折磨？」

「他？」步惜歡蒼涼一笑，「他側妃侍妾一屋子，還時不時買個歌姬進府，心裡哪有母妃？母妃受刑那日，他在青樓美人香裡，直到天明才爛醉如泥地被人抬回府裡。」

「這麼說，他不知道密旨一事？」

「他知道。密旨是頭一天下的，他接旨後沒敢在府裡待著，那日便出府去了青樓。母妃被人一張黃紙接著一張往面上覆時，他在青樓一杯接著一杯飲酒，這就是我的好父王！」步惜歡一把推開窗子，華袖厲舞，風刀碎剪了滿樹雪花。

暮青見過太多窮凶極惡的罪犯，她知道世上是有這種人的。只是難以想像，恆王妃受刑之時是何等痛苦淒涼，那時她至多花信年華，錯嫁薄情郎，夫君懦弱，不護髮妻，不救幼子，宮裡來幾個人就能對她堂堂親王妃用刑，王府裡無人出聲，夫君不敢護她，幼子救不得她，她就被人那麼一張張黃紙蓋在她臉上，活活悶死了。

「母妃被害時我在宮中，七日後王府奏報朝廷說她思子成疾鬱鬱而終時我才知道。太皇太后允我回府為母妃守靈，我回到王府時，靈堂裡薰著濃香，卻遮不住腐氣，我命人開了棺，看見棺裡躺著的人穿著母妃的宮袍，人已經……」

步惜歡再難說下去，暮青卻已經知道了。

屍體已經腐敗了。

步惜歡登基時是二月，雖是初春，但盛京還冷著，時不時有雪，但七日也足以讓屍體呈現腐敗巨人觀了。

屍體高度腐敗，面部腫脹，眼球突出，嘴脣外翻，舌尖伸出，腹部腫脹，且有口鼻流血、死後嘔吐的情形，難以辨認死者生前容貌。而且，恆王妃是被悶死的，腹部鼓脹，氣體較多，屍體腐敗時腹部的腐敗速度會較其他部位快，步惜歡開棺看到他娘親時，屍身的腹部應該已經自溶，化成腐水了。

這等景象被一個六歲的孩子看到了，那人還是他的母親，他是如何熬過來的？

暮青想起驗柳妃屍骨時，步惜歡曾盯著棺中神色有異，如今想來是那情景觸動了這段記憶吧？

「陪妳守歲，倒讓妳聽了段兒不痛快的。」步惜歡走回桌邊坐了。

「沒事，我愛聽案子，省得去茶樓聽話本了。」飯菜已冷，暮青傳月殺把飯菜端下去熱熱，人走之後，暮青抬眼時見步惜歡懶支著下頷，氣得牙癢。

「那客官聽得開懷，是否該賞點銀錢？」

暮青挑挑眉，他懶在那裡，畫燭銀臺，容顏比月明，這等姿色坐著就能領賞錢了，還需說書？

「客官來將軍府吃年夜飯，可有給飯錢？」

「算得真清楚，可真小氣，倒沒瞧出妳財迷來。」步惜歡笑了聲。

「並非小氣，只是錢要留著。」

「留著何用？」

「娶媳婦。」

「……」

步惜歡險些磕著，見暮青說得理直氣壯，不由笑得有些深，「嗯，那是得留著，多攢些，不然還真娶不上媳婦。」

「尋常百姓家，二兩銀子夠買個媳婦，臣不算黃金，現有銀千兩，可娶五百個媳婦。」

娶五百個媳婦？

步惜歡低頭，肩膀微顫，半晌，沉沉笑出聲來。她這正正經經的性子，竟也能開玩笑。他知道，她是想要他心情好些，不然哪會陪他說這些。

「愛卿好志向。」步惜歡眸中繾綣溺人，「不過，朕的後宮都還沒有這麼些人，愛卿就別想了。與其想這些沒邊兒的，不如想想聽朕說書的賞錢如何給。」

「說書說一半就想領賞錢？」太皇太后和恆王妃有何恩怨他還沒說呢。

「她和母妃沒恩怨。」步惜歡淡道：「與她有怨的是先帝。」

先帝？

「元家先祖與高祖相識於野，乃開國之臣，士族豪貴，功高勢強，前兩代尚好，後來便與皇子常有牽扯不清之事。仁宗時朝中結黨私爭之亂已甚重，仁宗立了賢王為太子，賢王之母乃安平侯沈家之女，沈家與元家向來政見不和。賢王登基後，對元家一番彈壓，立儲時又立了與元家政見不和的皇子，如此歷經兩朝，先帝時元家已退出朝堂，領著朝廷的俸祿安當閒散國公。誰知五胡叩關邊關城破，榮王在江南舉兵造反，內憂外患，朝中壓不住局面，先帝便破了前兩朝之例，登元家之門，拜老國公之子元廣為相，並許其女元氏為貴妃，元家又重返朝堂。」

步惜歡說得不緊不慢，她想聽，他就說給她聽，從頭到尾把這恩怨說清些。

「這些是朝中知道的，朝中還有不知道的。」步惜歡道。

「內情？」暮青猜測。

「元家曾出過三位皇后、五位宰相，先帝拜元廣為相，聘其妹為貴妃，元家怎瞧得上？」步惜歡冷笑。

暮青聽後，心中已明。

「先帝私下給了元家一封密詔，若元貴妃誕下皇嗣，則立其子為太子，日後承繼大統。」步惜歡道。

果然！

暮青心中生寒，後頭的事大約已能料到。

「先帝冊封元貴妃時已年逾五旬，元貴妃卻在入宮兩年後便懷了龍胎，為先帝誕下了九皇子。但九皇子三歲時，江北大旱餓殍遍野，民間發了時疫，傳入了盛京，九皇子不幸染了時疫，不治夭折了。」

「當真是時疫？」民間發了時疫，宮裡必定嚴加防範，九皇子是元家未來的倚仗，元家不會允許這個孩子出事，時疫這等非常時期，他的衣衫飲食定會比平時更加在意，為何這孩子會染了時疫？

「確是時疫，但不是在宮裡染上的。」

「那是在何處？」

「元家。」

「……」

「那時元修的祖父過世，先帝敕准元貴妃和九皇子回國公府弔唁，九皇子夜裡回宮便發了疫症，御醫治了三日，還是夭折了。九皇子死後，元貴妃便稱自己也染了時疫，一意封了宮門，自閉不出。先帝多次前去探望，皆被元貴妃拒之於宮門外，後來，先帝便再未去過，瓊華宮便成了冷宮，直到三年後先帝在上元宮宴當夜暴斃，元家與南圖聯手血洗宮城，元貴妃才踏出瓊華宮。」

原來先帝未曾下過將元貴妃打入冷宮的聖旨，而是元貴妃自閉了宮門？

這女子的性情倒是剛烈。

「九皇子在元家染了時疫，此事不是湊巧吧？」暮青毫不避諱地問：「先帝所為？」

步惜歡嘲諷一笑，也不避諱，「應該與先帝脫不了關係。這事讓元家吃了個啞巴虧，老國公過世，弔唁的賓客絡繹不絕，丫鬟小廝進進出出，誰知是哪個動的手腳？皇子在元家染了病，元家有罪，元廣連徹查此事的奏摺都沒敢遞，萬一查出暗害九皇子的是元府的下人，那就是滿門抄斬之罪。因此，此事只能打碎了牙往肚子裡嚥，忍了。」

暮青聽得直皺眉頭，元家忍了的結果便是三年後先帝暴斃，三皇子、七皇子被斬於宮宴，步惜歡年幼入宮，元家攝政，從此順我者昌逆我者亡。

先帝與元家的這場恩怨裡，最無辜是兩個孩子——九皇子和步惜歡。

那孩子死時才三歲，他父皇和母妃家明爭暗奪，奪走的卻是他的生命，他死時還什麼都不懂，何其無辜！

步惜歡登基時六歲，九皇子並非他所害，他的母妃卻因元貴妃對步家人的仇恨被殺，他又何其無辜！

但這兩個無辜的孩子，一個故去多年，一個還活著。

故去多年的那人，他母妃還恨著，先帝暴斃還不算，以她殺了恆王妃之事來看，她或許想毀了步家的所有人。而活著的那孩子，他已長大成人，母妃被害的深仇藏在心裡，將來定與元家不死不休。

何為冤冤相報，這便是了。

「這回可說全了，客官可要加銀子？」步惜歡見暮青神色凝重便玩笑道。

「留著娶媳婦。」暮青還是那句話。

這時，月殺將飯菜端了上來，暮青沒再開口，只看著步惜歡用膳，見他自斟自飲，便也倒了杯酒。她尋常是不飲酒的，但這酒清醇甘甜，餘味帶著梅香，倒挺好喝。

暮青小口品著，喝完又去倒，面前伸來一手，覆了杯口。

「這酒釀了一年，後勁兒可足，妳不飲酒，莫要貪杯。」

暮青果真沒有再喝。

吃過年夜飯，月殺奉了茶來。

窗外風雪急，男子品著茶，一身梨花錦袍，背靠軒窗，容顏比月色明，笑若春芳懶。

「別笑了，好看也沒錢付。」暮青不為美色所動。

步惜歡的笑容裂出道痕，「妳當真以為誰都能看到？」

除了她，他在哪個女子面前這般笑過？

沒良心！

步惜歡把茶盞往桌上一放，起身便走了過去。

暮青起身便避，一起身，忽覺腳下虛軟，眼前一晃，腰間忽來一隻手臂攬住了她，耳邊有男子的輕笑，「以為妳酒量差才只讓妳喝一杯，結果一杯便倒，可真算得上是奇差了。」

暮青詫異，這酒的後勁兒也太足了些。

這時，她忽覺身子一矮，臉上一涼，步惜歡讓暮青坐到了他腿上，將她的面具摘了下來。男子氣息如清風，拂在耳畔，令人想起初夏午後拂過樹梢的暖風，低低懶懶，撓得人癢。

暮青有些惱，問：「你能正經一點嗎？」

「好，正經些。」步惜歡抱著暮青笑了聲，帶著誘哄。暮青聽了面色微鬆，剛想說那就放手，便聽他接著道：「那咱們且不寬衣，先做些正經的。」

嗯？

暮青愣時，忽覺腰帶被人勾了下，她心中一驚，猛地低頭，唇上忽覺溼熱。

她低頭時只覺頭暈目眩，依稀記得步惜歡正抬著頭，眸底笑意若星河爛漫，隨後她便感覺跌進爛漫天地裡，那天地裡，梅成林，雪千堆，酒泉裡兩條紅鯉纏游，嬉戲正歡。

她唇齒間依稀留著清醇甘甜的酒香，不似那孤高清冷的竹，反倒似千年鐵樹開了花兒，別樣柔情，讓他忍不住留戀這難得一見的柔情，捨不得放開。

她穿著武袍，腰身袖口皆束得緊實，他可摸到少女玉鉤般的腰線，腰帶往上，玉背生香，腰帶往下，圓翹緊實。她習武，身子既有少女的柔軟，又不失武者的健美，少一分過柔，多一分過剛，恰到好處的緊實手感讓他愛不釋手。

步惜歡有些懊惱，早知如此，方才就不說那不寬衣的話了。

心裡失落，他只好加深這吻。

本是和風細雨情，漸生狂風驟雨意，窗外朔風低號，大雪撲打著新糊的窗紙，閣樓裡一燭暖火，照見相擁的一雙壁影，風聲遮了喘息，久不歇。

步惜歡放開暮青時氣息沉亂，燭火近在三尺，卻照不透深如瀚海般的眸。他深望了眼暮青，見少女面粉唇兒紅，男兒袍，女兒嬌。他將目光轉開，唇邊牽起苦笑，守了多年的定力險些被她擊潰，此時竟需調用內力才能將腹中濁氣壓下去。

他曾以為這一生不會有女子入他的心……

暮青睜開眼，眸底迷離處怒意如火，步惜歡低笑了幾聲，偏愛逗她，問：

「感覺如何？」

感覺？

「感覺就像有隻泥鰍在嘴裡溜達了一圈兒。」

「……」

步惜歡的好心情被一言斬盡，笑了幾聲，這回是氣的，「暮青，妳真是個破壞情調的高手！」

上回問她感覺，她跟他提不舉，這回問她，也好不到哪裡去！

泥鰍！她還真說得出口！

暮青絲毫沒有破壞情調的愧意，誰叫他上一刻說正經，下一刻卻行此事？

這是正經？

「放我下來！」

「放妳下來，妳能站得穩？」

本就醉了酒，此時氣息不勻，放她下來，她能軟去地上！閣樓裡雖鋪著梨木地板，但冬日裡到底還是寒涼些，跌著了對身子不好。

暮青也氣笑了，點頭道：「行，陛下抱著吧，有本事就一直不放手，今早抱著臣去上早朝。」

步惜歡聽了笑得歡愉：「嗯，朕倒覺得是個好主意，天下人皆知朕好男風，美人司在民間網羅了多年的俊美公子已是民怨沸騰了，不如妳英睿將軍做個救世主，日後朕就獨寵妳一人，如何？」

暮青對此事避而不答，只道：「天下人還知道陛下喜雌伏。」

一言又斬中步惜歡，「暮青！妳可是想試試？」

「臣乃女子，滿足不了陛下雌伏的喜好。」

「妳又是女子了？」難得她承認是女子，他又忍不住想逗她：「沒事，我滿足妳。」

暮青面無表情道：「你滿足不了我。」

步惜歡一愣，攬著暮青的手臂僵了僵，笑意都僵在嘴邊，深深望著她，眸光漸生涼意，莫名危險。

他滿足不了她？

「只有屍體能滿足我。」暮青道。

「……」步惜歡連那危險笑意都僵了。

「我有戀屍癖。」

「……」

「開玩笑的。」暮青淡道。

長久的沉默，步惜歡慢慢將她抱緊，頭抵去她肩膀，聲音悶著，卻聽得出壓抑的笑意：「青青，有沒有人跟妳說過，妳不會開玩笑？」

有，顧霓裳說過，她是冷笑話帝。

「日後別跟男子說不能滿足這等話。」

暮青不以為然，某種程度上說，她是有戀屍癖，但她只是喜歡解剖屍體，而不是喜歡和屍體睡覺。

眼看要四更天了，五更要上朝，步惜歡抱起暮青便送入榻上，順手點了她的穴道，和衣擁著她躺了下來。

兩人貼得近，她能看見他近在咫尺的臉，男子的容顏似覆了層珠輝，他眉宇間略顯倦態，如同那蓬萊深處高臥的雲仙。

「睡會兒吧，日後妳可不得閒。假勒丹神官案、撫恤銀兩案、水師一事，一樁接著一樁呢。破案不是一日之功，夜裡該睡便睡，莫要多想案子。」似乎閉著眼也能感覺到她的注視，他淡道。

暮青卻愣了，「你知道假勒丹神官的事了？」

她略一思量，問道：「五城巡捕司裡有你的人？」

今夜到那破廟裡的有刑曹尚書、盛京府尹和五城巡捕司的人，假勒丹神官死後他們就去了刑曹大牢，隨後她便回了府，這期間時辰不長，步惜歡得知消息如此神速，最可能的便是今夜到破廟的那些人裡有他的人。

那人在五城巡捕司的可能性最大，巡捕司掌盛京治安之事，乃各路消息集中之地，若步惜歡安排線人，這等地方定不會放過。

「聰明。」步惜歡將暮青攬得緊了些，笑道：「你們一離開那廟，我便收著消息了。妳前腳回了府，我在此處便收到了牢裡的消息。」

暮青有些心驚，她和元修是以輕功一路飛馳回來的，步惜歡這麼快就得了消息，看來這些年他在盛京沒少安插勢力。

「不是只有他們會在汴州刺史府安插勢力。」步惜歡淡道，手順著暮青的腰身緩緩的撫。

「腰上沒錢袋，別亂摸！」暮青打下步惜歡的手，他撫得她癢，沒法集中精力思考。

「老夫老妻了，還怕摸。」步惜歡面上氣著，嘴上卻笑著。

暮青無語，誰跟他是老夫老妻，臉皮還能再厚點嗎？

步惜歡愉悅地笑了聲，她性子清冷，終日難動情緒，只要她知喜知怒，他臉皮厚些倒是無妨。

「我看你是睡不著，既如此，不妨聽個故事。」暮青忽道。

「哦？」步惜歡一笑，她還會說故事？

不過以她的性子，這故事八成不是給幼童聽的。

「可聽？」暮青問。

「嗯。」步惜歡懶懶應了聲，將她攬得緊了些，「說來聽聽。」

她的故事，他還真想聽聽。

暮青斟酌了一番，道：「我曾讀過一本海外異志，其中記載了一個故事。以前，有兩個國家，叫吳國和越國。吳王伐越，戰敗重傷，臨死前囑咐其子要報仇雪恨。後來吳國再次伐越，越王兵敗，意圖自刎之時，得謀臣文種一計，以珍寶女色賄賂了吳臣，覲見吳王，稱越國願降，自此稱臣。吳王認為越國已不足為患，不聽臣子諫言，一意受降撤軍。越王回國後，立志圖強，選賢任能，減免租稅，繁息人口，十年生聚，十年教訓，為醒自身不忘前恥，睡臥草堆，懸膽於戶，出入嘗之，不絕於口，如此十年，終一雪國恥。」

臥薪嘗膽的故事是否真有其事並不重要，重要的是步惜歡同樣隱忍多年，重要的是她想說的話。

步惜歡聽著，睡意漸無，眸中隱隱生輝。

「越能滅吳，文種、范蠡之功最甚，越王便拜文種為相，封范蠡為上將軍，范蠡卻不受封賞，歸隱而去，走時留書給文種，信上說『飛鳥盡，良弓藏；狡兔死，走狗烹。越王可與共患難，不可與共樂，子何不去？』文種不信，只稱病不朝，後來越王親自賜了把劍給他，道：『子教寡人伐吳七術，寡人用其三而敗吳，其四在子，子為我從先王試之。』文種聽了便明白了，一代謀臣，伏劍而亡。」

步惜歡望著暮青，眼眸深若瀚海，難測難辨。

「君臣之道我不懂，我只懂殺人償命、欠債還錢。先帝殺子，其後暴斃；太皇太后殺你母妃，日後你要為母報仇，我無權過問，我只望你不是先帝。飛鳥盡良弓藏，狡兔死走狗烹，敵國敗謀臣亡，這等行事終非明君所為。」

今夜聽了先帝與元家的恩怨，她有感而發，步惜歡能聽進去多少就看他自己了。

步惜歡目露審視，他倒是未聽過這故事，記得當初在汴州刺史府，她還曾說過英國，許真是看過一些雜書奇書，只是這些書她是從何處得來，又是如何遇到那異國之人，學了察言觀色之術？

一切不得解，眼下卻有一件事，他想問。

「這麼就想睡了，不想要承諾？」步惜歡捏捏暮青的腰，知道她沒睡。

暮青腰身麻癢，果真被他捏醒，睜開眼時眸中生寒，面色不佳，「沒興趣！承諾無用！」

「哦？」

「你若像先帝那般，承諾有何用？你若與先帝不同，又何需承諾？」

承諾就像戀愛，有人總擔心戀人出軌，恨不得日日看得牢牢的，殊不知，他若是那多情之人，看也看不住，若不是那多情之人，又何需去看？

他在奉縣大赦天下時說過：「庶民犯法，鬥殺一人十人。士族犯法，戕害萬民。貪官犯法，雖不見血亦甚於民，罪當重處！朕大赦天下，乃為施仁於民，而非施仁於贓吏，自朕之一朝起，為官貪贓罪同十惡，不赦！」

他能說出此言，她便信他是明君，定與先帝不同。

她不想要他對感情的承諾，也不希望他在她面前許下對天下的承諾，若信任要靠承諾來維持，那還叫信任嗎？

她待人待事向來分明，哪怕日後未必相守一生，但只要此刻在一起，她便願意付出信任。

步惜歡望著暮青，驗柳妃屍身那夜過後，男子眸中再現爛漫星河，一個眼神便如一片天。

母妃死後，世間留給他的便是永無日夜的艱難和仇恨，兒時夜裡夢醒，他每每徘徊在冷寂的宮廊，總想起那棺中難辨的親顏。少年時寧背一身汙名也要南下汴河，從此爾虞我詐，難見真情。感謝上蒼將她送來他身邊，如此清明通透，讓他一抬眼就能望見蒼穹青闊，讓他知道這世間還有乾淨去處，那一人總是不同。

他也不想承諾，她的一生，一句話定不下。世間無易事，這是他這些年明白的道理，二十年也未必謀得一國江山，天下間唯一的人豈是一句話可得？

他願用一生去做一些事，讓她知道，他是否終生可依。

夜已過半，風雪依舊，永壽宮裡燈火煌煌，嬰孩拳頭大的夜明珠擺在榻腳，榻上斜斜倚著一女子。

女子墨金華裙，雲髻不見簪釵，腰間不見翠珮，頗似寡居女子，那眼尾薰著的紅胭卻如含血飛起的刀，威重凌厲。

當年的元貴妃，如今的太皇太后，四旬年紀瞧著卻正當韶華，明豔凌人。

女子輕撫著袖口油亮的墨狐毛，淡問：「哥哥說，查不出那少年的來歷，不知他是否是皇帝的人？」

「正是，那少年睿智，頗有斷案之能，但出身村野，不曉處世，頗能樹敵，不知他是天性如此還是故作此態，因此尚不敢將水師交到他手中。」元相國嘆道。

「有何不敢？」元敏慢撫華袖，淡聲道：「給他就是！」

「給他？」

「水師為重，他若真能將水師練出來，給他都督一職又何妨？」

「這支新軍皆出身江南，他在軍中頗得人心，若領了都督一職，日夜練兵，與軍中將士同了心，妹妹就不怕……」

「有何可怕的？這世間已沒有本宮怕的事了。」元敏冷笑，淡淡看了元廣一眼，「哥哥身在相國之位久了，事事往深處想，卻看不到淺理了。既然水師非練不可，何需懼將領是誰的人，何需懼誰得了將士們的心？古來深得軍心的名將不少，沒福消受的也不少。」

元廣目中頓生異光。

內殿珠輝照人，元敏微微抬眼，那楊腳的明珠輝光映進眸底，剎那生寒。

如今朝中各家相互牽制，已成均衡之勢，不可輕破，與其將水師都督一職交給門閥世家，不如交給一個村野匹夫。世家之子殺之不易，村野匹夫卻易除之。

得了軍心又如何？一旦將領身死，無將之軍能掀起什麼風浪來？

「盛京裡死個人，從來就不是難事。」元敏望向窗外，梅枝上落一層寒雪，她眸裡也落一層寒雪，「此人，不足為懼。」

「妹妹言之有理。」元廣神色鬆了下來。

「皇帝今夜駁斥了勒丹使節，言語間竟能記起登基四年時，還是勒丹大王子的勒丹王曾率軍襲擾西北邊關，兵敗逃回部族之事，連哪月哪日都記得清楚。」元廣不再提暮青，說起步惜歡時面沉如水。

元敏笑道：「他是個聰明的孩子，我一直都知道。」

女子望著窗外雪，笑顏添了些柔和，只是眼神涼薄，襯著那笑，殿中莫名的冷。
那孩子初進宮時，只知哭著要母妃，自他母妃死後，她再未見他哭過。她看著他一夜長成，在這深宮裡學會喜怒不露，學會隱忍蟄伏，學會韜光養晦，學會帝王心術。
這些本該是她的九兒該走的路。
一個孩子，知道乖乖成為傀儡就能活下來，知道背負汙名才能培植勢力，知道隱忍才有機會報仇，哪怕認仇敵為親。
這些他本不該受。
可誰叫他是步家的孩子，誰叫他和她的九兒一般年紀。
那一年，雪下得也是這般大，皇族誕下了兩個孩子，一個是九皇子，一個是恆王世子。她的九兒是先帝的老來子，萬般寵愛，恆王世子卻因先帝不喜恆王而備受冷落。原本一切都是註定的，她的九兒該坐上那御座，她陪著他學會喜怒不露，學會帝王心術，看著他成為這天下江山的英主。可一夜之間天翻地覆，皇兒去了，那本與皇位無緣的恆王世子登了基。
那些年，看到他哭著喊母妃，她便會想若皇兒還活著，該與他一樣會喚母妃了。

這些年，看著他坐在御座上，她便會想若皇兒還活著，這金殿御座本該是他坐。

那些年，她在瓊華宮閉門不出的日子裡所受的摧心折磨，這些年都還給了步家的子孫，一轉眼已是十八年了。

元敏望向殿外的雪，聽著皇城外大寒寺悠遠的鐘聲，恍然如夢醒。

不，十九年了……

皇兒已去二十二年。

這至死方休的局終有一日會結束，而這一日就快到了。

她厭了，已不想再看著那孩子去想她的皇兒。

「議和之事，哥哥要做好。」元敏道。

「此事自有為兄與蠻邦周旋，只是李本一案牽出西北軍銀兩貪汙之事，修兒定是要查的。」元廣眼底一片晦色，道出此事只為給胞妹交個底。

「修兒乃武將，查案非武將之事，此案皇帝在奉縣時不也說要查嗎？」

元廣頓明其意，此案在朝中牽涉甚廣，誰查誰便樹敵。修兒身為西北軍主帥，查察此案的奏摺必須由他呈遞，不遞不足以籠絡軍心，但此案必須讓皇帝來查。

民心不是那麼好收的，皇帝不理朝政多年，絕非奉縣一事便可收盡天下民心，而在朝堂上若失了群臣之心，他自有苦果可吃。

元敏淡笑著輕撫袖口的墨狐毛，道：「皇帝胡鬧了這些年，我這皇祖母身子不適，為他操勞不多，如今也該是為他操勞操勞之時了。」

「妹妹之意是？」

「皇帝該立后了。」

元敏抬眸瞧了眼元廣，兄妹二人目光撞上，各自在對方眼裡看見了森涼。

「修兒的婚事也該定了，我瞧著寧昭那孩子不錯。」

寧、元兩家乃世交，寧老國公年事已高，致仕在家，其在江北外三軍和內二軍中卻有不少舊部，其獨子早年在平叛榮王之亂時身受重傷，那時尚未成家，回京娶了妻室熬了些年，留下個嫡女便去了，這嫡女便破格封了郡主。寧家雖人丁凋零，但軍中根基深厚，兩家聯姻，一則對修兒有助，二則將來老國公去了，軍中舊部勢必會護著寧昭，但她一介女流，娘家人丁凋零，又難以直接接觸和調用老國公的舊部，有根基卻不會鋒芒太厲，修兒若用則有利，若不用則無害，這等家世是再合適不過的了。

「修兒走時昭兒年紀尚小，如今他回來了，得空兒讓他們再見見，瞧瞧他喜不喜歡。」說起元修來，元敏的笑容才柔和了些，眼裡盛滿疼寵。

元廣一聽便沉了沉臉，婚事自古便是父母之命媒妁之言，哪容得那孽障喜不喜歡？

但他卻沒說話，元敏是他的么妹，整整比他小二十歲，進宮時修兒尚未出生。修兒比九皇子年長一歲，九皇子去得早，他這嫡妹便對修兒疼寵得緊。

「修兒回來了，今兒下了朝也不來看我。」元敏瞧見兄長面色不快，卻只當沒瞧見。

「下了朝便安頓軍中將領去了，說是明日來拜見妹妹。」元廣未提在相府動了家法之事，若說出來，那可不得了。

元敏頷首，道聲乏了，元廣便告退出了宮。

◇

大年初一，百官朝賀，朝中上了兩道奏摺，下了兩道聖旨。

依大興朝例，大年初一不奏事，但這兩事皆是大案，新年第一天就驚了朝堂。

一道奏的是假勒丹神官和驛館廚子自殺之事，一道奏的是西北軍撫恤銀兩被汙一案。

皇帝下旨由刑曹嚴查撫恤銀兩一案，假勒丹神官案則交由刑曹、盛京府和五城巡捕司一同來查。

昨夜步惜歡說這兩件案子要由暮青來查，今日卻未提此事，暮青不知他有何用意，並未當殿出聲。

此後有太監捧著兩道聖旨而入，當殿宣旨。

一道是封將聖旨，西北軍五萬新軍改為江北水師，由西北軍左將軍周二蛋領水師都督，待春暖雪融便於京外三十里大澤湖練兵，一年後檢驗練兵成果，大船兩月後交付。

一道是選后懿旨，皇帝登基近二十年，後宮無妃，亦無龍嗣，太皇太后為大興江山社稷著想，下旨於朝臣家中擇貞靜賢淑、溫莊恭嫻之女為后，另聘四妃，入主後宮，為皇帝綿延子嗣。

旨意一下，滿殿皆靜。

暮青抬頭，與步惜歡的目光遙遙相撞。

昨晚還想著此事，今早就來了，竟然這麼快，這麼快……

步惜歡望著暮青，見她低下頭去，拳緊緊握著，眉眼間壓著陰霾。他心中忽然便生了歡喜，掃一眼宮人捧著的聖旨，眼底生了寒涼。

這一日，何時退了朝暮青都不知，只記得朝官們向她道喜，不勝煩擾。回府後，聽聞暮青升任江北水師都督，闔府大歡，暮青卻藉口昨夜沒歇好，回了閣樓。

午後，元修來府裡邀暮青去街上走走，暮青想起昨夜答應要跟元修說說微表情的事，便與他去了城外一家茶樓。

茶樓臨街而建，賓客滿座，茶香沁人，暮青從馬車裡下來，問：「這茶樓裡煮著什麼茶，怎聞著有些香松味兒？」

元修失笑道：「什麼鼻子！看上頭。」

暮青抬頭，見茶樓三層，梨木匾額，草書三字——望山樓。

「望山樓是百年老字號，我少時常來，這匾額上的字是我五哥寫的。我五哥是家中嫡子，乃我爹的原配夫人所出，他身子弱，未曾出仕入朝，但擅書畫印雕，乃當朝七賢之一。常有文人墨客來望山樓裡相聚，煮茶吟詩，談古論今，詩興大發時便提筆而書，墨多用茶樓裡備著的香松老墨，那些詩畫也多不帶走，大多贈了店家，店家便裱掛在茶樓裡，時日久了這茶樓裡新茶香老墨香，總有股子在別的茶樓聞不見的舒心氣味兒。」

「這茶樓的老闆倒有生意經。」暮青道。

這倒讓她想起魏卓之來，他經營那春秋賭坊也頗有生意經。

暮青與魏卓之有些日子沒見了，他這次也跟著回了盛京，因與他們孤軍深入過狄部，立過軍功，定也升了職，過些日子回營便能見到他了。

「改日得閒，我帶妳見見五哥，他為人謙遜，沒京中士族子弟的那些習氣。」元修道。

是嗎？

暮青望著那草書，那字如狂風，可不似一個謙遜之人的字。

她沒想到元修的母親竟非元相國的原配，她只知道從未聽說過相國府裡還有別的嫡子。一直以來，民間都道元修乃相國府唯一的嫡子，這位元五公子不為人知，身子又不好，一腔意難抒，皆付詩畫中。

但這話她沒多說，當下便與元修進了望山樓。

兩人去了三樓東面最末的一間雅間，前可望天井大堂，後可瞧古街繁景，西邊有面窗子。

正中掛著幅大興名家吳子賢的畫，畫的是七賢竹林煮茶論道之景。

「妳瞧。」元修推開西窗笑道。

暮青望去，只見窗外遠山花林，有一古寺在半山間，鐘聲悠悠，山路蜿蜒，百姓如潮，怪不得要叫望山樓。

「說吧，你遇著什麼煩心事了？」暮青將目光從窗外收回來，問道。

元修一愣，隨即摸了摸鼻子，含糊道：「哪有。」

「撒謊的時候別摸鼻子。」暮青淡道，男人撒謊時，會釋放一種叫做兒茶酚胺的化學物質，引起鼻腔內細胞腫脹，鼻子不適，便會下意識去摸，一摸就露餡了。

「尤其別摸鼻子的同時把視線避開。」

元修是坦蕩男兒，實在不適合撒謊，他不但摸了鼻子，還把視線避開了，鼻腔細胞腫脹加視覺阻斷，沒什麼比這更容易看出撒謊來了。

「我來猜猜看，你隱瞞的是何事。」不待元修反應過來，暮青又接著道：「一般來說，低頭避開視線，不敢直視對方，多恐懼或者羞愧之時，你肯定不是因為前者。那麼來猜你為何會羞愧，只有兩個原因，一是對我撒謊你覺得有愧，二是你做了對我有愧的事。」

暮青一直望著元修的神情，以她對元修的了解，她本以為是第一個原因，但問過後她便愣了，「你做了對我有愧之事？」
「沒有！」聽聞此話，元修猛然一醒，想也不想便急切否認。
「嗯。」暮青淡淡應了聲，元修否認時神情急切，且身體同時前傾，語言、神態、動作皆在同一時間完成，沒有作假，他這句話是真的，「那說說吧，出何事了？」
他並未做出對她有愧之事，但還是覺得對她有愧，究竟是何事？
元修神色鬆了些，但還是覺得難以開口。
「你不想說可以不說。我對你說這些只是要告訴你，這便是微表情。」
元修愣愣看著暮青，他一路都未提過心情煩悶，她卻看了出來。他只說了句沒有，她便把他的心思都看透了，他也知這大抵便是那察言觀色之法了。
「你看那樓下那孩子。」暮青望了眼樓下。
元修望去，見大堂裡茶客滿座，茶香嫋嫋，小二穿梭在各桌茶客間，閒聊的，唱曲的，吆喝聲，聲聲熱鬧。大堂正中那桌坐著個幼童，約莫三、四歲，父兄喝著茶，他也有模有樣地坐著，肥短的小腿兒還搆不著地，踢踢踏踏的，煞是可愛。
「他不想坐著喝茶，想去街上玩兒。」暮青道。

「妳怎知？」

「看見他的身體了嗎？他的身子向外側著，朝向茶樓門口，你瞧他的腳，踢動時腳尖也轉向茶樓門口。人會撒謊，身體卻很誠實，你想一件事時，不必說出來，神態動作便會出賣你。」暮青如此說，元修很難一下子便聽懂，但令他瞠目之事下一刻便發生了。

那幼童不耐地在椅子裡挪動，明顯想要下去，並對父親道：「爹爹，寶兒要街街。」

孩童聲音稚嫩，被大堂裡熱鬧的人聲遮了，卻逃不出元修的耳力。他震驚地看向暮青，見她還望著天井大堂。

「你再瞧那兩個小二，他們兩人有私怨。」這回暮青不待元修問，便指給他看，「瞧見他們兩人到掌櫃處取茶時的樣子了嗎？兩人取茶時都往對方相反處側身，明明中間無人，兩人端了茶可以打個照面再走，卻偏偏要背身而行，就像不願看見對方。」

元修皺起眉來，或許是湊巧呢？

暮青瞧見元修的表情就知他在想什麼，道：「一次是湊巧，次次如此就必有問題。」

她一進茶樓就注意到那兩個小二了，直到此時，已經觀察他們有一會兒了。「你若不信，待會兒掌櫃的送茶來，一問便知。」就像要證實暮青的說法，這話剛說完，掌櫃的便敲門進來了。

掌櫃的端著一壺明前春山，四盤點心，雪山梅、芝麻南糖、翠玉豆糕、糯米涼糕，都是元修以前來茶樓的老例子。

元修問了兩個小二之事，兩人原也沒有矛盾，前些日子茶樓裡要添個去江南購茶的夥計，此乃肥差，兩人都想搶，便生了嫌隙，這些日子常有口角。

竟然真叫暮青說準了！

掌櫃退下後，元修驚奇地看著暮青。

暮青又道：「還記得你喜歡拍人肩膀的習慣嗎？你在軍營裡常行此事，回了朝中，我沒見你拍過哪個朝官，這便是親疏有別了。只要根據你的習慣便可知道你心中待誰親待誰疏，即便你見了朝官們會寒暄，但舉止間還是會洩漏心意。」

元修聽著，眸中驚奇漸淡，深意漸濃。

若非聽她說起這些，他從不覺得自幼所學的待人之道竟有如此多的破綻。她有此能力，那世間人、世間事，在她面前豈非沒有爾虞我詐之說？

真心，假意，她豈非一看便知？

這才能……實乃人間利器！

暮青低頭品茶，她就知道這世上有懂得這門學問利害之處的人，比如步惜歡，比如元修。

「沒想到你喜歡吃甜食。」暮青看了眼面前的四盤點心。

「是鈺兒愛吃的。」元修笑意柔和了些，「鈺兒與我一母所出，乃家中小妹。我去西北時她才四歲，從軍前一年我常帶她來這茶樓，她便是吃這些，後來回回都一樣，茶樓掌櫃也就記下了。」

他今日帶她來，不知她喜歡吃哪樣點心，想著她是江南人，許愛食甜，這些點心又剛好是甜的，便叫掌櫃的按照老例子了。

「阿青。」他頭一回這樣叫她。

暮青有些詫異，抬頭望向元修。

「我今日拜見姑母，姑母跟我提了娶妻之事。」

暮青很意外，並非意外元修要娶妻，只是意外這事怎會讓他覺得對她有愧？

她問：「你不喜歡？」

他怎會喜歡！

元修有些惱，道：「姑母瞧著寧國公府的寧昭郡主不錯，寧昭年歲與妳相仿，我年少時與她見過，那時她尚年幼。」

他去西北時十五歲，寧昭才六歲，他怎會喜歡一個女童？他又沒有戀童癖！

元修望著窗外，一眼繁華熱鬧景，心裡卻生著煩悶意。他就知道他說家中要他娶妻，她不會緊張此事，有些心思就只有他有。

「我沒答應。」元修聲音有些悶：「我對姑母說……有意中人了。」

暮青愣住。

她方才瞧元修的神情，不是沒有懷疑，只是不想多想，沒想到還是……何時之事？

元修也不知是何時之事，只知姑母跟他提娶妻之事時，他滿心煩悶，一腦子想的都是她。

他對姑母說他有意中人了，姑母問他是朝中哪位大人府上的，他知道若說是庶族百姓人家的姑娘，姑母定不同意，便說是三品官府上的，沒說是哪家，姑母卻還是覺得門第低了些。

她和母親都屬意寧昭，還說他多年未見她了，改日在相府辦個詩會，要他遠處瞧瞧，興許喜歡。

「阿青。」元修望向暮青，未開口，耳根先紅，緊張得如情竇初開的少年：「如果將來有一日，妳爹的仇報了，妳可願、可願……」

元修有些惱自己這時候嘴笨，戰場殺敵他不懼，倒懼問她一個心意。但他堂堂男兒，話既出口就沒有說一半的道理！

「妳可願嫁我？」元修問得快，問完已面色通紅。他倒了杯茶，也不管那茶燙，仰頭便喝，喝完只覺心也燙臉也燙，渾身都燙。

暮青一時不知說什麼好。

元修又道：「妳不必擔心門第，我們去西北戍邊，大漠關山，自由自在，不在這盛京過拘束日子。」

暮青這才開了口：「你真的覺得可以一生都在西北？」且不提元家有謀朝奪位之心，即便沒有，相國夫婦也不會讓嫡子在苦寒之地戍邊，終生不歸的。

這不現實，她不喜歡作夢。

元修抬頭望來，茶香嫋嫋，男子面紅如櫻，目光卻深如沉淵，佳人對面而坐，眸若三春雪，清冽不可言。
她果真半分歡喜也無。
元修低頭一笑，昔日爽朗坦蕩的男兒眉宇間添了落寞，方才他心裡還是有那麼一絲期許的，只是……果然如他所料。
「我會安排好朝事和家事的。」元修道。
暮青看出元修心中決意，心中一嘆，道：「元修。」
元修見她神情嚴肅，不由心頭一凜。
「我很喜歡在西北的日子，哪怕那時日日想著軍功，夜夜想著替父報仇，沒有一日心中安寧，但我還是喜歡。我和你一樣喜歡西北自由的風，放不下那些一腔報國的熱血兒郎。這一生，我不知還能不能再回西北，但我永遠敬重西北軍的兒郎，敬重你這一軍主帥。」暮青道。
元修愣住，敬重？
暮青望著他，見他愣愣的眼底漸生痛楚，卻不躲不避。
看來他是懂了。
這輩子，她說話從來沒這麼拐彎抹角過。
她這性子本不討男子喜歡，步惜歡也好，元修也好，她感激他們讓她知道這世上除了爹以外，還有人能用心包容她。元修乃英雄兒郎，志比天高，驕傲也比天高，她不想拒絕的言辭讓他太難堪，也不想曖昧不清，只好拐彎抹角，望他能懂。

她心中已有一人，無法再安放他人。

「我有些累，回府歇著了，改日再敘。」

望山樓外，飛雪零星，陽光一照，刺人眼。

暮青到了茶樓外，把馬車留給了元修，便出了長街。

她剛走，一輛馬車從城門外駛了進來，在望山樓對面的首飾鋪門口停了下來。

馬車裡下來個丫鬟，打了簾子，扶下來一名少女。

那少女薄紗覆面，披著件香荷大氅，朔風寒，裙裾如波。只見少女緩步而下，行路若春蝶點水，微風拂柳，冬日裡的風都不禁柔了幾分。

不見容顏，便已秀色空絕。

街上漸靜，來往百姓停下，目送那少女主僕進了首飾鋪子。

半晌，丫鬟抱著只首飾盒子出來，少女要上車時，望山樓裡走出四、五個士族公子。為首一人紫冠玉面，披著件松墨狐裘，鳳眸微挑，笑意風流卻帶著幾分陰鬱。

百姓們見了面含懼色，這人皇城裡無人不曉，正是當今聖上的弟弟，恆王府世子步惜塵。

步惜塵身後的都是恆王府的庶子，盛京裡沒有哪家公子願跟恆王府走得近，他們向來獨來獨往，驕奢淫逸不輸當今聖上。

今兒這姑娘撞上他們，怕是走不了了。

一名庶子攔了馬車，搖扇問道：「小姐好風姿，敢問是哪家府上的？」

丫鬟面露怒色，欲出言相斥，那少女暗自攔了，對步惜塵福了福。這一福，風拂起香荷大氅，那大氅裡香衫素羅，不似京中女子喜愛的羅裙式樣，倒如見江南春色，說不盡的婀娜婆娑。

「這位公子，小女子久居江南，此番回京投親，趕著回府拜見長輩，望公子行個方便。」

「哦？」步惜塵笑問：「小姐是哪家府上的？」

「安平侯府。」

恆王府幾個庶子皆面露驚色。

安平侯沈家當年也風光著，武宗皇帝生母便是沈家女，只是如今元家當道，沈家沒落多年，這些年為了謀求起復，四處聯姻，早已成了盛京裡的笑話。

這小姐竟是江南回來的，莫非是沈二那一支？

當年，安平侯次子流放到江南小縣，沈二死在江南，牌位沈家都沒敢接回盛京。半年前，江南沈府出了事，沈二的庶子外出走商，遭匪徒所殺。那庶子的生母劉氏想不開在府裡上了吊，府裡便沒了主事的。沈二的嫡女是個藥罐子，安平侯府的老封君便求太皇太后恩准她回京養身子。

只怕養身子是假，想在盛京給她謀門婚事是真。

太皇太后記仇，沈家這些年沒少吃苦頭，沈家的老封君所求之事傳出來後，京中不少人等著看笑話，沒想到太皇太后還真准了？

莫非太皇太后不記仇了，沈家要起勢了？

「原來是沈小姐。小姐初到盛京，可認得到安平侯府的路？不如本世子給小姐帶個路。」步惜塵問道。

「多謝世子，車夫識得路。」沈問玉福身婉拒，她生於江南長於江南，嫻靜溫婉，似水柔弱，盛京貴族女兒裡難見的氣韻。

步惜塵上前掀了馬車簾子，笑道：「盛京天寒，如此簡陋的馬車怎防得住風？小姐還是乘本世子的馬車回府吧。」

這時，望山樓後院趕出輛華車來，車後插著彩旗，上書一個「恆」字。

丫鬟見了，暗吸一口氣。

恆王府？

恆王府的馬車可坐不得！

「小姐請吧。」步惜塵將那丫鬟的神情看在眼裡，眉宇間添了幾分陰沉。

沈問玉袖下的手微微捏緊。

「小姐上車吧，在下願為小姐引路。」一名庶子說著，伸手便來牽沈問玉。

沈問玉一退，丫鬟臉色發白，車夫不敢攔，百姓不敢言，望山樓上卻忽然潑下杯茶來！

茶水不偏不倚正潑在那庶子頭上，那人被燙得嗷的一聲一蹦老高，寒風一吹，臉上冒著熱氣，滑稽狼狽。

「何人！」那庶子怒極，抬頭望去。

百姓紛紛抬頭，見一人臨窗，雪冠墨袍，眉宇疏朗，眸似星河，臨高望來街上，那目光讓人想起大漠烈陽，關外風刀，只一眼便瞧得那庶子心頭似被人刺了個透心涼，不敢再放肆。

步惜塵眸中隱有異色閃過，笑道：「原來是侯爺，不知侯爺也在，吵了侯爺的雅興實是不該。不如惜塵給侯爺賠個罪，陪王爺喝幾杯？」

他不再理會沈問玉，領著人便進了望山樓。

人一走，沈問玉之圍頓解，她對元修盈盈一福。

元修卻瞧也沒瞧沈問玉，他只是心情不佳，覺得街上太吵罷了。如今吵是不吵了，步惜塵卻要上來。

他沒心情寒暄，將茶錢往桌上一放，臨窗一躍，縱空馳過長街，百姓嘩的一聲，只見雪花漸大，男子衣袂如黑雲，驚嘆間便去得遠了。

這時才有人想起來。

「那好像是元大將軍！」

「沒錯！昨日西北軍將士還朝，街上見過！」

望山樓上，屋裡人去樓空，步惜塵臨窗遠望，面色陰沉。

沈問玉久未動，只望著元修遠去的方向，裙裾隨風，如水如波。

暮青回府後便又去閣樓歇著了，晚飯也沒動，只覺沒胃口，心裡也不舒暢，早早地便進帳歇息。

半夜裡翻了個身，她感覺帳外燭火未熄，屋裡飯菜香勾人，有人影映在帳上，擺菜的聲兒頗輕，生怕吵醒了她似的。

暮青心生愧意，她心情不佳，該告訴楊氏一聲不必忙活的。她起身便下了榻，打了帳簾道：「不必——」

話沒說完，人便愣住。

屋裡有人背對著她正擺碗筷，本是那蓬萊雲上仙，卻沾了人間煙火氣。

「不必怎樣？一日未進食，夜裡還不餓？」步惜歡目光有些輕斥，語氣倒不重。

暮青皺眉道：「你的隱衛訓練科目裡是不是有管家一項？」

她今兒沒吃東西，讓府裡的人擔心了，她知道。可一日不吃又餓不死，何必驚動他？他可不是在汴河行宮，盛京宮裡處處是元家的人，出宮豈是那麼容易的？

步惜歡沒好氣道：「豈止我的隱衛成了妳的管家，我都成了妳的親兵了。大半夜的特意從宮裡出來給妳擺膳，還不快過來吃飯！」

暮青披了件外衫，去桌前坐了，問：「什麼時辰了？」

「嗯，不只擺膳，我還成了報更的了。」

「願報不報。」

「願，怎會不願？」他定是上輩子欠了她的，「四更了。」

暮青倒不知自己睡了這麼久，她見步惜歡正布菜，冬筍芙蓉蝦，杏仁乳豆腐，一樣樣地往碗碟裡擺，後又給她盛了碗酒釀老鴨湯。鴨湯上少見油星兒，步惜歡卻還是耐心地把上頭少有的幾點油星兒給撇了，湯碗放到她跟前兒時熱氣騰騰，淡淡的酒香，那碗裡湯水清清亮亮。

夜深靜好，男子含笑坐在她對面，飯菜熱氣模糊了容顏，幾分懶倦，繾綣溺人。

暮青愧疚更深，她向來自律甚嚴，隨興而為一次，卻叫身邊人跟著擔憂，這等事日後再也不幹了。

她捧過湯來喝，低頭吃飯，再不多言。

步惜歡偏打趣她：「怎麼一日不吃飯？」

暮青夾顆蝦仁在嘴裡，淡道：「犯蠢。」

蠢？她若蠢，世上還有聰明人？

其實，他倒希望她多使使性子，喜怒愛憎莫要都藏在心裡，那會太苦。他嘗夠了，望她能灑脫隨心些。

「可是立后之事，心裡不痛快了？」步惜歡笑意漸濃，高深莫測，「立后之事，說來我倒是要謝謝她。」

謝太皇太后？

「為何？」

「不然，我哪知妳的心意？」

「……」

「你若不想說就算了。」暮青低頭吃飯，他方才那莫測高深的神情，可不像是只為了此事的。

步惜歡笑嘆一聲：「妳要忙的事不少，此事就別操心了，看戲就好。」

暮青一聽，果真不問了。

步惜歡趁暮青吃飯時去書案旁，提筆蘸墨，片刻後拿著張紙回來，上頭寫著些茶樓酒肆的名字。

「這些是刺月門的暗樁，掌櫃是自己人，妳若想查朝官的一些消息就去這些地方。」步惜歡回去坐了，道：「假神官和撫恤銀兩案，需密查。」

撫恤銀兩案在朝中牽涉甚廣，他將此案交給刑曹比交給她好，她新任江北水師都督，此事已讓她成了不少人的眼中釘，若再明著讓她查此案，她便險了。

林孟為人世故，向來不得罪同僚。他查此案，朝中定無人當回事，如此一來，她才可一不被忌恨，二無查案的阻礙。

「那你呢？」暮青皺眉問。

既要密查，他何必在早朝時表態？如此豈非給自己樹敵？

「我在奉縣說了要查此案，自然要表個態。」

暮青卻不如此認為，案子明查暗查都無妨，只要能查清，就是對得起百姓了，何必非要明說，讓自己樹敵？

步惜歡只笑不語，她新任江北水師都督，朝中將她當成眼中釘的不少，需要一些事分散注意力，反正這些年他都是這麼過來的，不懼朝臣的記恨。

「吃飯吧，待會兒還有一事要與妳說。」

「何事？」暮青吃飽後問道。

「妳爹的事。」

暮青面色頓沉。

「當初在刺史府給妳爹下毒的人，妳可想知道？」當初他沒告訴她，一是想將她留在身邊，二是她沒有報仇的能力。可如今她到了盛京，此事定會查下去，眼下案子頗多，她還要出城練兵，他怕她身子吃不消，不如告訴她，望她量力而行。

「你可還記得我在汴河時說過，柳妃死後，太皇太后曾下過懿旨將龍船上的侍衛和柳妃身邊的人都殺了？」

「記得。」

暮青目光一寒，莫非……

「下毒之人是來傳懿旨的太監，盛京宮內廷總管，安鶴。」

一品仵作 肆
MY FIRST CLASS CORONER

作　　者／鳳今
發 行 人／黃鎮隆
總 經 理／陳君平
經　　理／洪琇菁
總 編 輯／呂尚燁
執行編輯／陳昭燕
美術監製／沙雲佩
美術編輯／方品舒
國際版權／黃令歡、梁名儀
企劃宣傳／邱小祐、劉宜蓉
文字校對／施亞蒨
內文排版／謝青秀

國家圖書館出版品預行編目資料

一品仵作（肆）/ 鳳今作. -- 初版. -- 臺北市：
尖端，2021. 05-
冊；　公分
ISBN 978-626-301-004-8（第 4 冊：平裝）

857.7　　110004650

出版／城邦文化事業股份有限公司　尖端出版
台北市 104 中山區民生東路二段 141 號 10 樓
電話：（02）2500-7600　傳真：（02）2500-2683
讀者服務信箱：7novels@mail2.spp.com.tw
發行／英屬蓋曼群島商家庭傳媒股份有限公司城邦分公司　尖端出版
台北市 104 中山區民生東路二段 141 號 10 樓
電話：（02）2500-7600　傳真：（02）2500-1979
劃撥專線：（03）312-4212
戶名：英屬蓋曼群島商家庭傳媒（股）公司城邦分公司
劃撥帳號：50003021
※ 劃撥金額未滿 500 元，請加付掛號郵資 50 元
法律顧問／王子文律師　元禾法律事務所　台北市羅斯福路三段三十七號十五樓

台灣地區總經銷／中彰投以北（含宜花東）　楨彥有限公司
電話：（02）8919-3369　傳真：（02）8914-5524
雲嘉以南　威信圖書有限公司
（嘉義公司）電話：0800-028-028　傳真：（05）233-3863
（高雄公司）電話：0800-028-028　傳真：（07）373-0087
馬新地區總經銷／城邦（馬新）出版集團 Cite（M）Sdn Bhd
電話：603-9057-8822　傳真：603-9057-6622
E-mail：cite@cite.com.my
香港地區總經銷／城邦（香港）出版集團 Cite（H.K.）Publishing Group Limited
電話：852-2508-6231　傳真：852-2578-9337
E-mail：hkcite@biznetvigator.com

版　次／2021 年 5 月 1 版 1 刷　Printed in Taiwan